Carl Voretzsch

Der Reinhard Fuchs Heinrichs des Glîchezâre

und der Roman de Renart

Carl Voretzsch

Der Reinhard Fuchs Heinrichs des Glîchezâre
und der Roman de Renart

ISBN/EAN: 9783743450769

Hergestellt in Europa, USA, Kanada, Australien, Japan

Cover: Foto ©Andreas Hilbeck / pixelio.de

Manufactured and distributed by brebook publishing software (www.brebook.com)

Carl Voretzsch

Der Reinhard Fuchs Heinrichs des Glîchezâre

DER REINHART FUCHS HEINRICHS DES GLÎCHEZÂRE

UND

DER ROMAN DE RENART.

INAUGURAL-DISSERTATION

ZUR

ERLANGUNG DER PHILOSOPHISCHEN DOCTORWÜRDE

VERFASST

UND MIT GENEHMIGUNG

DER HOHEN PHILOSOPHISCHEN FACULTÄT

DER

VEREINIGTEN FRIEDRICHS-UNIVERSITÄT

HALLE-WITTENBERG

NEBST DEN BEIGEFÜGTEN THESEN

AM 26. NOVEMBER 1890, MITTAGS 12 UHR

ÖFFENTLICH VERTEIDIGT

VON

CARL VORETZSCH

AUS ALTENBURG I. S.-A.

OPPONENTEN:

FRANZ SARAN, DR. PHIL.
GEORG PRALLE, CAND. PHIL.

HALLE A. S.

DRUCK VON EHRHARDT KARRAS.

1890.

DER REINHART FUCHS HEINRICHS DES GLÎCHEZÂRE

UND

DER ROMAN DE RENART.

INAUGURAL-DISSERTATION

ZUR

ERLANGUNG DER PHILOSOPHISCHEN DOCTORWÜRDE

VERFASST

UND MIT GENEHMIGUNG

DER HOHEN PHILOSOPHISCHEN FACULTÄT

DER

VEREINIGTEN FRIEDRICHS-UNIVERSITÄT

HALLE-WITTENBERG

NEBST DEN BEIGEFÜGTEN THESEN

AM 26. NOVEMBER 1890, MITTAGS 12 UHR

ÖFFENTLICH VERTEIDIGT

VON

CARL VORETZSCH

AUS ALTENBURG I. S.-A.

OPPONENTEN:

FRANZ SARAN, DR. PHIL.
GEORG PRALLE, CAND. PHIL.

HALLE A. S.

DRUCK VON EHRHARDT KARRAS.

1890.

Die Dissertation enthält nur einen Teil einer Abhandlung, welche vollständig im XV. Bande von Gröbers Zeitschrift für romanische Philologie erscheinen wird.

Abkürzungen für häufiger citierte Werke.

Benfey = Pantschatantra aus dem Indischen übers. von Benfey 1859.

Bozon = Les contes moralisés de Nicole Bozon, publ. p. Smith et P. Meyer 1889.

Chabaille = Le roman du Renart. Supplément p. p. P. Chabaille 1835.

Grimm = Reinhart Fuchs. Von Jacob Grimm. Berlin 1834.

Grimm, Sendschr. = Sendschreiben an Karl Lachmann. Über Reinhart Fuchs. Von J. Grimm.

Haltrich = Zur deutschen Tiersage. Von Josef Haltrich. Programm des Gymn. zu Schäfsburg 1855.

Haltrich-Wolff = Zur Volkskunde der Siebenbürger Sachsen. Kleinere Schriften von Josef Haltrich. In neuer Bearbeitung herausgeg. von J. Wolff. Wien 1885.

Hervieux = Les Fabulistes Latins depuis le siècle d'Auguste jusqu'à la fin du moyen âge par Léopold Hervieux. Paris 1884.

Jonckbloet = Étude sur le roman de Renart par M. W. J. A. Jonckbloet. Groningen 1863.

Kolmatschevsky = Kolmatschevsky, Das Tierepos im Occident und bei den Slaven (russisch). Kazan 1882 (mir nicht zugänglich).

Krauss = Sagen und Märchen der Südslaven. Von Dr. Fr. S. Krauss. 2 Bde. 1883 und 1884.

Krohn = Bär (Wolf) und Fuchs. Eine nordische Tiermärchenkette. Von Kaarle Krohn. Aus dem Finnischen von Osc. Hackmann. Helsingfors 1888 (es ist stets die Übersetzung gemeint).

Kurz, Waldis = Burcard Waldis, Esopus. herausgeg. von Heinrich Kurz 1862.

Legrand = Fabliaux ou contes du XIIe et du XIIIe siècle. Par Legrand d'Aussy. Paris. 4 Bde. 1779—82 (2. Aufl. 1829. 5 Bde.).

Martin = Le roman de Renart. P. p. Ernest Martin. 3 Bde. Strafsburg und Paris 1882—1887.

Martin, Obs. = Observations sur le roman de Renart. Par Ernest Martin. Ebd. 1887.

Méon = Le roman du Renard, p. p. M. D. M. Méon. 4 Bde. Paris 1826.

Oesterley, Kirchhof = Hans Wilh. Kirchhof, Wendunmuth. Herausgeg. v. Wilh. Oesterley. Stuttgart. Bibl. des Lit. Ver. No. 95—99. 1869.

Oesterley, Romulus = Romulus und die Äsopische Fabel im Mittelalter. Von Wilh. Oesterley. Berlin 1870.
Regnier = Œuvres de La Fontaine, p. p. Regnier. Tome I und II. Fables. Paris 1883.
Reifsenberger = Reinhart Fuchs. Herausgeg. v. Karl Reifsenberger. Halle 1886 (Altd. Textbibl. No. 7).
Robert = Fables inédites des XIIe, XIIIe et XIVe siècles et fables de La Fontaine. Par A. C. M. Robert. Paris 1825.
Steinhöwel = Steinhöwels Esop. Herausgeg. von Wilh. Oesterley. 1873 (Bibl. Lit. Ver.).
Voigt = Ysengrimus. Herausgegeben und erklärt von Ernst Voigt. Halle 1884.

A. Einleitung.

Die Frage, in welchem Verhältnis der Reinhart Fuchs Heinrichs des Glîchezâre zum Roman de Renart steht, ist nach zwei Seiten hin interessant: einmal gestattet uns die Lösung dieser Frage ein Urteil über die Thätigkeit und Fähigkeit des Übersetzers, was für die Charakteristik des Dichters von Wert ist und uns das Bild vervollständigen hilft, das wir uns von der Übersetzungsthätigkeit der mhd. Periode machen dürfen. Sodann gewinnen wir durch die Bestimmung der Vorlage Heinrichs einen Einblick in den Zustand der franz. Tierdichtung zur Zeit des Glîchezâre, d. h. einen wichtigen Beitrag zur Entwickelung des mittelalterlichen Tierepos.

Nicht wenige Untersuchungen haben sich mit der Frage bereits beschäftigt: wer sich mit Renartkritik befafste, mufste sich auch mit dem Reinhart abfinden. In der That ist die Frage meist von diesem Standpunkt aus, d. h. von Seiten der Renartkritik, behandelt und beantwortet worden, was jedoch eine unbefangene Lösung eher erschwert als erleichtert hat. Denn vielfach hat man unsere Frage direkt abhängig gemacht von der Frage nach der Entstehung des Renart: jenachdem man über diesen letzteren Punkt so oder so dachte, wurde auch die Stellung des Reinhart bestimmt; und die Ansichten über den Renart wiederum beruhten häufig auf sehr unsicherer Grundlage.

Ein kurzer Überblick mag die Resultate der bisherigen Forschung vergegenwärtigen.

Nachdem im Jahre 1817 der Reinhart Fuchs[1] und 1826 der Roman de Renart[2] zum erstenmal herausgegeben worden, war es Jacob Grimm, der zuerst die Quelle des deutschen Gedichts zu bestimmen suchte.[3] Er erkannte, dafs dieses eine franz. Vorlage fordere: die franz. Eigennamen, die hie und da eingestreuten franz. Wörter wiesen darauf hin. Zugleich fielen ihm jedoch die mannigfachen abweichungen des RF sowie das Fehlen einiger Abenteuer desselben im Ren. auf; und da er den Glîchezâre noch in die Mitte des 12. Jahrhunderts oder 'bald in die zweite Hälfte', von den Branchen des Rn. aber die wenigsten noch ins 12., die meisten ins 13. und 14. Jahrh. setzte, so war der Schlufs, dafs die Quelle des RF verloren sei, für ihn sehr naheliegend. In seinem 'Sendschreiben' hat er seine Ansicht noch einmal zusammen-

---

[1] Mailath und Köffinger, Koloczaer Codex altdeutscher Gedichte. Pest 1817. S. 361—425.
[2] Le roman du renard, publié par Méon. 4 Bde. Paris 1826.
[3] Jacob Grimm, Reinhart Fuchs. Berlin 1834. Vgl. S. VIII, auch Sendschreiben S. 64; ferner S. CIX, CXV, CXXII ff., CXXXIX.

gefafst ¹: 'Erwägen wir, dafs im Roman de Renart kaum ein einziges Gedicht dem 12. Jahrh. anzugehören scheint, unser Reinhart des Glichesâre aber noch dringender als jene lateinischen Werke des zwölften ein französisches Vorbild begehrt, so ist der Untergang einer oder mehrerer romanischen Dichtungen aus diesem Kreise höchlich zu beklagen, die im Laufe des zwölften oder gar schon am Schlusse des eilften müssen da gewesen sein und als deren jüngerer Niederschlag oder Fortwuchs die Branches des dreizehnten zu betrachten sind.'

In der von Grimm angedeuteten Richtung werden zunächst die Untersuchungen weiter geführt. Wilhelm Wackernagel' welcher an zwei Stellen über den Reinhart gehandelt hat ², unterscheidet sich in seinen Ansichten nicht wesentlich von Grimm. Nur glaubte er als Quelle neben dem französischen auch lateinische Gedichte 'aber nur für untergeordnete, blofs gelegentlich angebrachte Nebendinge' annehmen zu müssen. Die 'Verknüpfung der Einzelheiten zu einem gröfseren ganzen ... scheint Zug für Zug schon in dem französischen Originalgedicht so vorgelegen zu haben'; genauer bezeichnet er dieses letztere als eine 'Zusammenstellung von Branchen'. Den Reinhart selbst setzt er übrigens später als Grimm, um 1170 an.

Der dänische Gelehrte August Rothe[3] geht über den Reinhart sehr rasch hinweg. Er schliefst sich Grimms Ausführungen an; dafs die franz. Branchen zum teil Überarbeitungen älterer sein, sucht er näher zu begründen.

Ausführlich hat sich der französische Gelehrte Fauriel[4] mit unserem Gedicht beschäftigt. Dem Renart gegenüber stellt dieses allerdings eine Art Einheit dar; aber 'c'est un ensemble résultant d'une simple juxtaposition de récits divers, où les événements sont censés se suivre chronologiquement, sans naître les uns des autres.' Im einzelnen sind die Fabeln des Reinhart 'plus simples, plus naïves et plus concises que celles du Renart français'; dies zeigt z. B. eine Vergleichung des deutschen Hahnabenteuers mit dem entprechenden franz. 'Si conme Renars prist Chantecler le coc' (Méon 5, Martin II 23—468). Es kann kein Zweifel sein, dafs die kürzere und einfachere Version das Original, die detailliertere und erweiterte die Überarbeitung darstellt.

In scharfe Opposition zu den bisherigen Forschungen über Tiersage und Tierdichtung trat Paulin Paris in seiner 'Nouvelle

---

[1] Jacob Grimm, Sendschreiben an Karl Lachmann. Über Reinhart Fuchs. Leipzig 1840. Vgl. S. 6.
[2] Heinrich der Gleissner. Elsässische Neujahrsblätter für 1848. S. 190 bis 216 = Kleine Schriften II 212—233. Vgl. bes. S. 216 f. — Von der Tiersage 1867. Kl. Schr. II 234—326. Vgl. bes. S. 295 ff.
[3] A. Rothe, Les romans du renard examinés, analysés et comparés. Paris 1845. S. 61 f., 268 ff.
[4] Histoire littéraire de la France. Tome XXII. Le roman du Renart. S. 889—946. Vgl. bes. 903 ff. 919 ff.

étude sur le roman de Renart'.¹ Zwar beschäftigt er sich hier im einzelnen mehr mit den allgemeinen Fragen über Entstehung und Entwickelung der französischen Tierdichtung, berührt aber auch das Verhältnis derselben zu den ausländischen Tierepen. Seine Ansicht ist kurz die: Zuerst haben im Mittelalter lateinische Fabulisten antike Fabeln bearbeitet. Die Nachahmer dieser lateinischen Fabeldichter sind die französischen Trouvères. Erst durch sie wurden die Schwänke von Fuchs und Wolf allgemein bekannt; die Tiernamen ebenso wie die Feindschaft zwischen jenen beiden sind ihre Erfindung. Die französischen Branchen sind keine Überarbeitungen, sondern die Originalgedichte, und stammen aus der Mitte des 12. Jahrhs. Die fremden Tierepen fallen in eine spätere Zeit; folglich sind sie Bearbeitungen des uns erhaltenen Renart, und zwar der 20. (Martins I.) Branche.

Diesen Ausführungen entgegenzutreten, schrieb der niederländische Gelehrte Jonckbloet seine 'Étude'.² Nicht nur trat er energisch für Grimms 'Tiersage' ein, sondern suchte auch namentlich nachzuweisen, dafs die franz. Branchen z. T. Überarbeitungen seien. In der Beweisführung geht er über Fauriel kaum hinaus: er erkennt in der Hahnfabel des RF das Original zu den verschiedenen franz. Bearbeitungen in Br. 5 (II), 11 (XVI), 8 (XIV)³; durch geringen Umfang und nüchterne Darstellung erweist sich der RF auch sonst als älter. Über die übrigen Abenteuer hat sich Jonckbloet im einzelnen nicht ausgesprochen; doch hat er die Parallelabenteuer der beiden Werke übersichtlich zusammengestellt. Die einzelnen Abenteuer waren nach ihm ursprünglich selbständig; aber schon zur Zeit des Glichezâre waren sie in Gruppen vereinigt. Durch Zusammenstellung mehrerer solcher Gruppen entstand um 1110 ein Gedicht, das im ganzen sechzehn verschiedene Geschichten enthält und als der 'ancien Renart' zu betrachten ist. Diesen hat der Glichezâre übersetzt.⁴

Mit diesen Ausführungen stellte sich Jonckbloet auf den Boden der Faurielschen Theorie, die dadurch neue Festigung erfuhr und lange Zeit unangefochten blieb. Auch der neueste Herausgeber des RF, Karl Reifsenberger⁵, so wenig er im einzelnen Jonckbloet beipflichtet, stimmt doch darin mit ihm überein, dafs sich das deutsche Gedicht nicht aus dem gegenwärtigen Renart her-

---

[1] Paulin Paris, Les aventures de maître Renart et d'Ysengrin son compère mises en nouveau langage .... suivies de nouvelles recherches sur le roman de Renart. Paris 1861. S. 323—65. Vgl. bes. S. 326 ff., 343 ff.
[2] Jonckbloet, Étude sur le roman de Renart. Groningen 1863. Vgl. S. 61 ff., 73 ff., 118 ff.
[3] Nach E. Voigts Vorgange bezeichne ich mit römischen Ziffern die Martinschen, mit arabischen die Méonschen Branchennummern; die letzteren beziehen sich stets auf Méons, nicht auf Grimms Einteilung, die vielfach für die Méons genommen wird.
[4] Hierzu vgl. noch Jonckbloet, Geschichte der niederländischen Litteratur, deutsch von Berg. 1870. I 134.
[5] Reinhart Fuchs. Herausgegeben von Karl Reifsenberger. Halle 1886 (Altdeutsche Textbibliothek No. 7). S. 24 ff.

leiten läfst. Seine Ansicht ist 'dafs eine gemeinsame Grundlage für
beide Dichtungen angenommen werden mufs. Aber zwischen dieser
Grundlage und den Gedichten liegen offenbar noch mehrere Stufen der
Entwickelung. Bestimmteres läfst sich freilich über alle diese Verhält-
nisse nicht sagen.' Den RF selbst setzt Reifsenberger erst um 1180 an.

Unterdes hatte Ernst Martin seine neue Renartausgabe[1]
vollendet und liefs als Abschlufs des Ganzen seine 'Observations'[2]
erscheinen, in denen er die Reinhartfrage einer neuen Kritik unter-
zog. Das Resultat war folgendes: In allen drei Handschriften-
klassen findet sich eine bestimmte Gruppe von Branchen wieder,
die eine alte Sammlung zu bilden scheinen; dies sind die Branchen I—XI. Diese Reihenfolge verdanken die Branchen einem
Dichter des 13. Jahrhs., der im Einzelnen selbst manches hinzu-
gefügt hat. Aber dieser Redaktion liegt eine ältere Sammlung zu
Grunde, die weniger Branchen und in anderer Reihenfolge enthielt und bereits gegen 1180 bestand: II1—1024. [V. VIII]. III. IV.
Va. II1025 ff. I. X. Zu dieser älteren Anordnung gelangt man,
wenn man die Gründe ins Auge fafst, die den späteren Redaktor
bei der Ordnung der Branchen geleitet haben mögen. Bestätigt
wird sie durch den Reinhart Fuchs, welcher dieselbe Reihenfolge
bietet. Der gröfste Teil der Erzählungen des RF findet sich im
Rn. wieder; formelle Übereinstimmungen weisen auf enge Beziehungen. Die bisher vertretene Meinung, der Glichezâre habe
die verlorenen Originale der uns erhaltenen franz. Branchen vor
sich gehabt, ist zu verwerfen. Vielmehr fallen die meisten Abweichungen der Willkür des Übersetzers zu. Gewifs hat dieser absichtlich manche Détails gestrichen, weil er sie zu obscön fand oder ihre
Komik nicht zu würdigen wufste oder einfach, weil er gern fertig
werden wollte. Einzelne Kürzungen sind offenbar. Eine derartige Frei-
heit gegenüber der Vorlage kann man dem deutschen Dichter um so
eher zutrauen, als er selbständig genug ist, vieles neue hinzuzufügen.

In einer ausführlichen Rezension des Martinschen Renart hat
Leopold Sudre[3] diese Aufstellungen Martins als zuweit gehend
zurückzuweisen gesucht: die Existenz einer Sammlung der be-
schriebenen Art läfst sich durch nichts erweisen; eine entscheidende
Lösung der ganzen Frage kann nur eine genaue Vergleichung des
Reinhart mit den Renartbranchen geben.

Schliefslich sei noch einer von Julius Lange[4] in zwei Pro-
grammabhandlungen vertretenen Ansicht Erwähnung gethan, wonach der Renart von Haus aus ein einheitliches Werk war, das der

---

[1] Le roman de Renart, p. p. Ernest Martin. 3 Bde. Strafsburg. 1882 bis 1887.
[2] Ernest Martin, Observations sur le roman de Renart. Strafsburg
1887. Vgl. S. 103 ff. — Vgl. auch: Ernest Martin, Examen critique des
manuscrits du roman de Renart. Bâle 1872. S. 14, 16.
[3] Romania 1888. XVII 291—300. Vgl. bes. S. 296 ff.
[4] Julius Lange, Les rapports du roman de Renart au poème allemand
de Henri le Glichezâre. Beilage zum Progr. der Realschule zu Neumark i.
Westpr. 1887. — Derselbe, Heinrichs des Gleissners Reinhart und der Roman
de Renart in ihren Beziehungen zu einander. Zweiter Teil. Ebd. 1889.

Glichezâre übersetzt hat und das erst im späteren Verlauf durch Zerstückelung und Überarbeitung zu der jetzigen Vielheit geworden.

Aus dieser Übersicht wird sogleich deutlich, worum es sich hier in letzter Linie handelt. Unsere Frage 'in welchem Verhältnis steht der RF zun Renart?' löst sich in zwei besondere Fragen auf:

a) Gehen die Erzählungen des RF auf die überlieferten franz. Branchen zurück oder verlangen sie ältere, resp. völlig verlorene Versionen als Vorlage?

b) Gehört die Anordnung der Abenteuer im RF bereits der Vorlage an oder war der Übersetzer zugleich der Ordner?

Die erste Frage untersucht den RF im einzelnen, die zweite betrachtet ihn als ganzes. Naturgemäſs muſs die Einzeluntersuchung der Untersuchnug der zweiten vorangehen.

Über die Art und Weise der folgenden Untersuchung kann kein Zweifel sein. Die obige Übersicht hat gezeigt, wie sehr die Resultate der bisherigen Forschung einander widersprechen: was der eine dem 13. oder 14. Jahrh. zuweist, setzt der andere ins 12.; was diesem ein Zeichen von Ursprünglichkeit und hohem Alter ist, beweist jenem für sekundäre Entwickelung; was man hier als Überarbeitung betrachtet, erklärt man dort für Original. So bleibt nichts übrig, als einmal von allen Theorieen und Vermutungen über Entstehung und Alter des Roman de Renart abzusehen und der Untersuchung lediglich die Vergleichung der beiden Texte zu Grunde zu legen.

Hierbei darf nicht vergessen werden, daſs gegenüber dem ein einheitliches Ganze darstellenden, künstlerisch geordneten[1] RF der Roman de Renart ein ungeordnetes Durcheinander bildet. Wir können nicht von vornherein wissen, ob hier die Ordnung oder die Unordnung, ob die Einheit oder die Vielheit das Prius war; können also zunächst auch nicht den Renart, resp. den 'ancien Renart' als Ganzes betrachten und als solches mit dem RF vergleichen. Um zu einer vorurteilslosen Anschauung zu kommen, bedarf es einer Vergleichung der einzelnen Teile unter sich. Diese einzelnen Teile wären zunächst die Branchen; aber wie diese überliefert sind, zerfallen sie selbst häufig wieder in einzelne Abenteuer, und wir wissen nicht, wie weit die Branchenbildung zur Zeit des Glichezâre bereits vorgeschritten war. Daher sind untereinander zu vergleichen die einzelnen Abenteuer, soweit sie sich noch aus dem Ganzen als selbständige und einheitliche Erzählungen loslösen lassen und demnach einmal eine Sonderexistenz geführt haben könnten.

Grimm unterscheidet 10 Fabeln, Jonckbloet 16, Martin 21.[2] Indem ich mich im Allgemeinen an Martin anschliefse, sondere ich mit Jonckbloet noch Vers 285—312 als Jägerabenteuer aus; trenne

---

[1] Vgl. Martin, Obs. S. 110.
[2] Grimm S. CIII ff.   Jonckbloet S. 119.   Martin, Obs. S. 110 f.

Vers 385—442 in zwei Teile, Gevatterschaft (385—412), Rs. Liebeswerben (413—442); scheide die Belehnung des Elefanten (2097—2116) und der Olbente (2117—2156) als besondere Episoden aus; streiche jedoch Martins 19. Abenteuer, da die Botschaft Crimels durchaus kein selbständiges Abenteuer vorstellt (wie etwa Bruns oder Dieprechts Botschaft), sondern nur im Zusammenhange mit der Hoftagsgeschichte Bedeutung gewinnt. Ich bekomme somit vier Abschnitte mehr und einen weniger als Martin, im Ganzen also vierundzwanzig; siehe hierüber die Einzeluntersuchung.

Diese Sondererzählungen sind, soweit sie überhaupt eine inhaltliche Entsprechung im Ren. finden, mit den betreffenden Partieen desselben zu vergleichen. Wo im Ren. selbst mehrere parallele Erzählungen vorliegen, ist zunächst zu untersuchen, zu welcher derselben das deutsche Abenteuer am engsten in Beziehung steht, und mit diesem dann die Vergleichung vorzunehmen; läfst sich jedoch solch eine engere Beziehung nicht nachweisen, so sind natürlich alle Versionen des Ren. zur Vergleichung heranzuziehen. Diese mufs dann lehren, ob sich die deutsche Version ohne Zwang aus einer vorliegenden französischen herleiten läfst oder ob man uns nicht mehr vorliegende[1] Versionen als Quelle anzunehmen hat.

Schon diese Untersuchung wird einige Streiflichter auf die zweite Frage, den RF als ganzes, werfen. Es bleiben dann noch zu untersuchen die möglichen Spuren eines ehemaligen engeren Zusammenhanges im Ren. selbst sowie die Zeugnisse, welche auf ein älteres Werk derart hinzudeuten scheinen.

Der Vergleichung lege ich seitens des RF den Text der Bearbeitung ohne Einschränkung zu Grunde; da uns von dem alten Werk nur etwa ein Drittel erhalten ist, bleibt für den gröfseren Teil des Gedichts ohnehin nichts anderes übrig. Zudem lehrt eine Vergleichung des alten Textes mit der Bearbeitung, dafs der Bearbeiter thatsächlich so verfahren, wie er selbst angiebt[2], und sein Augenwerk nur auf die Herstellung der Form gerichtet hat. Soweit der alte Text überliefert ist, wird er selbstverständlich zur

---

[1] Ich vermeide den Ausdruck 'verlorene' Versionen, Branchen etc., da er in verschiedenem Sinne gebraucht wird und zu Mifsverständnissen führen kann: einmal versteht man darunter solche Branchen, deren ehemalige Existenz uns nur durch ein Zeugnis, eine Anspielung gewährleistet ist; sodann aber auch solche, die uns im gegenwärtigen Ren. in überarbeiteter Gestalt vorliegen. So steht auch Jonckbloets Ansicht 'dafs die französische Quelle des deutschen Reinhart für uns nicht ganz untergegangen, sondern im Roman de Renart, wenn auch in überarbeiteter Gestalt erhalten sei', nicht, wie Reifsenberger anzunehmen scheint' (S. 22), im Gegensatz zu derjenigen Grimms, welcher zwar den Untergang einer oder mehrerer französischer Dichtungen beklagt, aber doch den erhaltenen Branchen als den 'jüngeren Niederschlag oder Fortwuchs' der älteren betrachtet.

[2] Vgl. RF 2252 ff.: *(der Glîchesære) lie die rîme ungerihtet. Die rihte sît ein ander man Der ouch ein teil getihtes kan. Und hât daz alsô getân, Daz er daz mære hât verlân Ganz rehte, als ez ouch was ê. An sümelîch rîme sprach er mê, Dan ê dran wære gesprochen. Ouch hât er abe gebrochen Ein teil, dâ der worte was ze vil.*

Untersuchung herangezogen. Wo sich jedoch zwischen beiden
Texten inhaltliche Abweichungen[1] finden, kann das Fragment ebensowenig als die Bearbeitung unbedingte Autorität beanspruchen, da
auch die Hs. des Fragments nicht das Original ist[2]; vielmehr mufs
in diesen Fällen erst untersucht werden, welche von beiden Fassungen gröfsere Gewähr der Echtheit bietet.

Kritische Vorbemerkungen.

Um bei der Besprechung der einzelnen Abenteuer nicht zu
breit zu werden und mich nicht wiederholen zu müssen, will ich
hier zusammenfassend einige Bemerkungen über Bedeutung und
Anwendung einiger Kriterien vorausschicken.

1. Die formellen Beziehungen, d. h. die sog. wörtlichen
Übereinstimmungen, können für unsere Untersuchung nur eine
untergeordnete Bedeutung beanspruchen. Auf einzelne Übereinstimmungen hat bereits Grimm[3] hingewiesen; mehr hat Jonckbloet[4],
speziell für das Hahnabenteuer, beigebracht, um den engen Zusammenhang der beiden Versionen zu erweisen; einen viel zu ausgedehnten Gebrauch hat J. Lange[5] von diesem Kriterium gemacht.
Um den Wert solcher Beziehungen richtig zu beurteilen, mufs man
dieselben in verschiedene Gruppen scheiden:

a) Von vornherein auszuschliefsen sind wie im Allgemeinen
so im Speziellen auch hier diejenigen Erzählungen des Ren., welche
weder in direkter noch indirekter Beziehung zum RF stehen, d. h.
keine inhaltliche Berührung mit ihm zeigen; denn nur von den
Abenteuern, die im RF eine Behandlung erfahren haben, dürfen
wir annehmen, dafs sie in der Vorlage gestanden. Es lassen sich
freilich, wie von J. Lange geschehen, eine Menge Parallelen auch
aus jenen Teilen des Ren. beibringen. Sie erklären sich jedoch
samt und sonders auf sehr einfache Art: es sind z. T. ganz allgemeine Ausdrücke; z. T. solche, die lediglich auf Ähnlichkeit der
Situation beruhen; z. T. ist die Beziehung überhaupt sehr fragwürdiger Natur.

b) Auch die wörtlichen Übereinstimmungen innerhalb der sich
entsprechenden Erzählungen haben für uns nur einen geringen
Wert, den geringsten da, wo in Ren. selbst nur éine Parallelversion
vorliegt oder von mehreren zweifellos éine dem RF am nächsten
steht. Denn diese Übereinstimmungen beweisen ja immer nur für
den Zusammenhang; zur Klärung der eigentlichen Frage, ob
Original, ob Überarbeitung, tragen sie nichts bei. Wenn wir RF
134 lesen: *Bî dem houbete nam in Reinhart*, und Ren. II 350 (1602):

---

[1] Es sind nur 2 Stellen: V. 938 und v. 1691 ff.
[2] Schönbach, ZfdA. 29, 47 f.
[3] Grimm S. CXV und CXXIV.
[4] Jonckbloet S. 68 ff.
[5] Programm Neumark i. Westpr. 1887, ebd. 1889 s. o. Vgl. dazu
Literaturblatt für germ. u. rom. Phil. 1890, XI 70 ff.

Le prent Renars parmi le col, so ist es zweifellos, dafs dieses oder etwas ähnliches in der Vorlage gestanden haben mufs. Ob aber diese Vorlage unser Ren. war oder ein älteres Original, können wir hiernach allein nicht wissen. Gerade solche Hauptpunkte der Handlung würden durch eine Überarbeitung wenig verändert worden sein, da sie sowohl in den verschiedenen Versionen der Hahnfabel als auch in ähnlichen Erzählungen fast durchgängig unter derselben Form erscheinen, vgl. Ren. XIV 162 (2900) *Si l'a saisi parmi la teste*, dazu die Anspielung im Alexanderroman: *Li Grezois les engignent con Renars fist le gal, Qu'il saisi par la gorge, quant il chantoit clinal*; ferner Fuchs und Krähe Ren. XIII 884 (22882): *Renart l'a saisi par le col.* Das Gleiche gilt von Sprichworten, sprichwörtlichen Redensarten etc.; man vergleiche z. B., wie treu die Weisheitsprüche, die Fuchs und Hahn am Ende des Abenteuers tauschen, in den verschiedenen Versionen des Ren. nicht nur, sondern auch der Fabellitteratur bewahrt bleiben. Nach alledem können wir nur ganz allgemein sagen, dafs je gröfser die Zahl der formellen Übereinstimmungen ist, um so näher sich vermutlich die beiden Rezensionen stehen.

c) Etwas gröfsere Bedeutung kann man formellen Beziehungen da beimessen, wo im Ren. selbst mehrere Parallelen vorliegen und die Form einen Fingerzeig geben kann, zu welcher derselben man die deutsche Version zu stellen hat. Aber solche Fälle sind selten.

2. Die Eigennamen, der Tiere sowohl als der Personen, sind einer besonderen Beachtung wert.

a) Die Tiernamen, die im RF vorkommen, sind im ganzen fünfzehn an Zahl. Dieselben verteilen sich der Form nach folgendermafsen:

Völlig französisch sind zwei: *Schanteclêr* = *Chantecler*, *Pinte* = *Pinte*; übersetzt aus dem Französischen sind zwei: *Sengelin* = *Chanteclin*, *Vrevel* = *Noble*[1]; von Haus aus Deutsch sechs: *Reinhart* = *Renart*, *Îsengrîn*[2] = *Isengrin*, *Hersant* (Hs. S *Hersint*) = *Hersant*, *Brûn* = *Brun*, *Diezelin* = *Tiecelin*, *Diepreht* = *Tibert*. Es sind also im ganzen zehn Namen, in denen der Glichezâre eng zum Ren. stimmt: die ursprünglich deutschen Namen der Vorlage sind in der Mundart des Dichters wiedergegeben, die französischen, soweit es anging, übersetzt, die restierenden zwei in der Form der Vorlage beibehalten. D. h. also, die Namen als solche werden bewahrt. Wenn der Übersetzer bei zwei Drittel der Tiernamen so konservativ verfährt, so liegt der Schlufs nahe, dafs er bei dem letzten Drittel nicht anders verfahren. *Krimel* ist nichts anderes als Koseform zu Grimbert, also nur eine andere Form desselben Namens. Die Figur des *Künin* mangelt dem Ren. überhaupt So

---

[1] Vgl. dazu auch *Ôbelloch* = *Maupertuis*.

[2] Man darf nicht *Îsengrîm* erwarten. Die Mundart des Dichters zeigt n für auslautendes m: V. 773 (Hs. S) *haim — clein*; vgl. Weinhold, Alem. gr. § 203.

bleiben noch *Baldewin* der Esel, *Randoll* der Hirsch, *Reitze* der Rüde: es ist zu untersuchen, woher diese Namen stammen und ob sie irgendwie zur Bestimmung der Quelle dienen können.

Bemerkt sei noch, dafs einigen auftretenden oder genannten Tieren die Namen mangeln, wo sie unser Ren. bietet: so heifst der Hase im Ren. Coart, die Füchsin Hermeline, des Raben Vater Rohart. Eine Entscheidung, ob Heinrich diese Namen unterdrückt, oder schon in der Quelle nicht vorgefunden, wird sich schwer geben lassen.

b) Weniger einfach verhält es sich mit den Personennamen. Diese unterliegen weit mehr der Willkür der Bearbeiter als die im allgemeinen feststehenden Tiernamen; das kann man schon im Ren. deutlich beobachten. Es hängt offenbar damit zusammen, dafs die Tiernamen aus der mündlichen Überlieferung[1] geschöpft wurden (wenigstens in der älteren Periode der Tierdichtung) und als solche Allgemeingut des Volkes waren und Respekt heischten; hierfür beweist beispielsweise die Übereinstimmung des Ren. und des Ysengrimus, die ja im Allgemeinen unabhängig von einander aus der gleichen Quelle schöpfen, in den wichtigsten Tiernamen. Dagegen mochten die Beziehungen auf bestimmte Personen entweder überhaupt mangeln oder doch je nach dem Ort, wo ein Tierschwank gerade umging, wechseln. Dazu mufs man die zahlreichen Abenteuer bedenken, welche die Trouvères überhaupt nicht der mündlichen Überlieferung, sondern direkt aus schriftlichen Quellen oder der eigenen Erfindung entnahmen: hier war der freien Wahl der Trouvères genügender Spielraum geboten. Wie richtig diese Bemerkungen sind, sieht man daraus, dafs gegenüber den Tiernamen die Personennamen weder in den von einander unabhängigen Denkmälern (Ren. und Ysengrimus) noch in den untereinander vielfach abhängigen (den einzelnen Branchen des Ren.) irgendwo übereinstimmen.

Im Einzelnen verhalten sich RF und Ren. inbezug auf die Namen so:

	RF	Ren.		
Hahnfabel der Bauer	*Lantelin*	Br. II *Costant des Noes*	Br. IX	*Lietart*
die Frau	*Ru(n)zela*	namenlos		*Brunmatin*
Fischfang der Ritter	*Birtin*	*Costans des Granges*		

[1] Um Mifsverständnissen vorzubeugen, will ich kurz sagen, was ich unter 'mündlicher Überlieferung' verstehe: nicht Grimms 'indogermanische Tiersage'; man wird kein Eintreten für diesen Begriff erwarten. Aber noch weit weniger kann ich mich mit der Negation befreunden, wie sie z. B. Seiler Azfda 5, 100 ff. der 'Tiersage' gegenüber vertritt. Ich verstehe unter der mündlichen Überlieferung — der Ausdruck 'Tiersage' hiefür wäre noch gar nicht der schlechteste — die Schwänke von Reinhart und Isengrin etc., welche damals in Nordfrankreich und Flandern im Munde der Leute waren. Wieviel davon aus einheimischen Quellen, d. h. Tiermärchen, stammt und was etwa durch fremden Import zugeflossen ist, lasse ich dabei dahingestellt; das kann nur eine umfassende Untersuchung lehren.

		RF	Ren.	
Bruns Bot-	der *wageman* namenlos			
schaft	der *sprenzinc* namenlos	Br. 1 *Lamfroit*		Br. v *Costant des Noes.*
Dieprehts	des Pfaffen			
Botschaft	Sohn	fehlt	*Martinet*	
	das *Kamerwip Wernburc*		fehlt	
Reinhart	der Arzt von *Bendîn*		namenlos	
Arzt	Salerno			

Der RF bietet also im Ganzen fünf Namen: keiner davon steht im Renart. Jonckbloet[1] hat behauptet, dafs der deutsche Übersetzer seinen Personen überhaupt deutsche Namen giebt. Hierauf läfst sich jedoch erwidern, einmal dafs ein Name wie Birtin offenbar französisch ist und zweitens, dafs im Ren. selbst die meisten Personennamen deutscher Herkunft sind, die deutschen Namen des RF also im Prinzip ebensowohl aus der franz. Quelle stammen können. Mit den mir zugebote stehenden Mitteln vermag ich freilich die einzelnen Namen nicht sämtlich nachzuweisen, besonders für die Weibernamen wird man in den alten Urkunden etc. meist vergeblich suchen. Doch bemerke ich, dafs ich das zu *Runzela* (*Ruotzela*) gehörige Masculin *Rocelin* verschiedentlich belegt finde[2]; auch *Garnbourc* oder *Guernbourc* würde keine unerhörte Bildung sein, Namen auf *-bourg* sind im Französischen nicht selten; *Lancelin* finde ich in Urkunden[3], auch in der Volkspoesie[4] belegt. Dafs diese Namen weniger auf willkürliche Änderung des Übersetzers als auf die Vorlage weisen, zeigen die sicher auf französischen Ursprung deutenden Namen *Birtin* (der bekannte franz. Heiligenname Bertin) und *Bendin*, falls man sich nicht zu der Ausflucht versteigen will, der Glichezâre habe die franz. Namen seiner Vorlage durch andere franz. ersetzt: ein solches Verfahren hat einen Sinn bei einem franz. Dichter oder Bearbeiter, der gegenüber den schon vorhandenen Dichtungen den Schein der Neuheit erwecken will, nicht bei einem deutschen Übersetzer, der seinem deutschen Publikum eine fremde Dichtung zum erstenmale bekannt macht.

3. Die Verbindung einzelner Abenteuer zu Gruppen kann in manchen Fällen Aufschlufs über die Vorlage geben. Zwar haben wir im RF eine fortlaufende Handlung vor uns; aber man kann unschwer erkennen, dafs einzelne Abenteuer untereinander fest zusammengefügt erscheinen und somit eine innerlich zusammenhängende Handlung bilden, während andere eine lediglich chronologische Aufeinanderfolge darstellen. Das Gleiche kann man im

---

[1] S. 327 f.

[2] *Guillelmi Rocelin* in: Cartulaire normande de Philipp-Auguste publié par Léop. Delisle. Caen. 1852. No. 902 (S. 217ª). — *Ro(n)celinus* in Bouquet's: Récueil des historicus des Gaules etc. XIX. — *Rocelin li fils Baucille* Ren. I 664.

[3] *Lancelinus*: Récueil XXI 20 B und ebd. 634 n.

[4] Bartsch, Altfranzösische Romanzen und Pastourellen. Leipzig 1870. I 8,70 *son signor Lancelin.*

Ren. beobachten. Es ist zu untersuchen, wie weit sich die Gruppen des RF — nennen wir sie Branchen — mit denen des Ren. decken. Soweit die beiden Texte hierin übereinstimmen, kann kein Zweifel sein, dafs die Branchen bereits in der Vorlage so vorhanden waren. Es sind aber noch zwei andere Fälle möglich:
Der RF zeigt dem Ren. gegenüber eigentümliche Gruppenbildung; oder: der Ren. bietet eine vom RF abweichende Gruppenbildung. Hier müssen innere Gründe, sowie Zeugnisse innerhalb und aufserhalb des Ren. die Entscheidung geben, ob wir die Form der Vorlage oder willkürliche Änderung des Übersetzers vor uns haben.

4. Weitaus das wichtigste Kriterium sind naturgemäfs die inhaltlichen Beziehungen. Da Übereinstimmung des Inhalts im allgemeinen vorausgesetzt ist, kann es nur darauf ankommen, die Abweichungen zu konstatieren: was bietet der Ren. gegen den RF, was der RF gegen den Ren. an Handlung mehr, worin unterscheiden sie sich hinsichtlich des Verlaufs der Handlung? Und ferner: fallen diese Abweichungen der Willkür des Übersetzers oder der Gestalt der Vorlage zu? Zur Entscheidung dieser letzteren Frage giebt es mannigfaltige Mittel:

Mit Vorsicht anzuwenden ist das Naivetätsprinzip: das Natürlichere braucht nicht im Prinzip das Ursprünglichere zu sein, ebensowenig wie das Umgekehrte etwa stets der Fall sein müfste; die geringere Wahrscheinlichkeit spricht naturgemäfs für die letztere Annahme. Bei weitem in den häufigsten Fällen wird man jedoch auf die Quellen und Parallelen zu der betreffenden Erzählung recurrieren müssen, um das Ursprünglichere zu konstatieren. Hin und wieder mag auch die überlieferte Form des Ren. zur Lösung beitragen. Allgemeinere Regeln lassen sich jedoch über alles dies nicht geben; die Spezialuntersuchung mufs im einzelnen Fall entscheiden.

B. Untersuchung der einzelnen Abenteuer.

Der eigentlichen Untersuchung der einzelnen Abenteuer schicke ich jeweils einen Überblick über die wichtigsten Formen der verwandten Darstellungen in- und aufserhalb der Tierepen voraus, da sich deren Betrachtung von der eigentlichen Frage nicht völlig trennen läfst. Eine Untersuchung jedoch über die Zusammenhänge der einzelnen Fabeln mit den mündlichen und schriftlichen Versionen aufserhalb des Tierepos zu geben, lag nicht im Kreise der Arbeit, umsoweniger, als eine derartige Untersuchung bereits von berufener Seite in Aussicht steht.[1] Die einleitende Bibliographie stellt diejenigen Stellen zusammen, an denen man Quellen und Parallelen am ausführlichsten verzeichnet oder besprochen findet; diejenigen Citate, welche sich auch über den Zusammenhang ein-

---

[1] Vgl. Léop. Sudre 'Sur une branche de Renart'. Romania XVII 1 ff., bes. S. 17.

zelner Formen untereinander verbreiten, sind mit einem Stern bezeichnet.

Die ausführliche vergleichende Inhaltsübersicht war nötig, um ein klares Bild von den Abweichungen im einzelnen zu geben; und gerade an die Einzelheiten mufs die Untersuchung anknüpfen, um zu objektiven Schlüssen zu gelangen. Die Einrichtung der Übersicht ist sogleich deutlich: Stellen, die sich nur in einer Version finden, sind durch den entsprechenden leeren Raum in der anderen bezeichnet; Abweichungen von mehr als nebensächlicher Bedeutung sind in beiden Versionen durch gesperrten Druck hervorgehoben; das Gleichheitszeichen weist lediglich auf inhaltliche, nicht formelle Übereinstimmungen; die formellen Beziehungen sind in den Fufsnoten angeführt.

Die auf den Inhalt folgende Erörterung hebt nur die wichtigsten Punkte hervor. Hierbei ist versucht worden, die verschiedenen Einzelheiten möglichst unter zusammenhängenden Gesichtspunkten zu behandeln; dafs dies nicht überall durchführbar war, liegt in der Natur der Sache.

I. Fuchs und Hahn.

1. Nachweise: Du Méril, Poésies inédites, S. 137, 138 Anm. 1, 144 Anm. 1. — Oesterley zu Pauli, Schimpf und Ernst, No. 175. — Kurz, Waldis IV 7 und 88. — *Uhland, Schriften 4, 193 ff. zu Alte hoch- und niederd. Volksldr. 2, 565 ff. — Oesterley zu Romulus, app. 45. — Voigt, S. LXXXI. — *Haltrich-Wolff zu No. 2200 (S. 511). — *Martin, Obs. S. 33.

Der Hahn wird vom Fuchs überwältigt; durch eine List entrinnt er ihm wieder. Diese Fabel erscheint in zwei eigentümlichen Formen:

a) Wolf und Gans (Hahn). Charakteristisch für diese Form ist: der Wolf (Fuchs) bringt den Hahn (Gans, Eichhorn, Böckchen) durch blofsen Überfall in seine Gewalt, ohne eine List anzuwenden; es treten keine Verfolger auf; der Hahn um zu entwischen, bittet den Wolf, ihm vor seinem Ende doch noch ein schönes Lied zu singen; das Sprichwort am Schlufs sagt, man soll nicht unnütz schwätzen und handeln, wenns zum Essen geht.

So die dem Alcuin zugeschriebenen 'versus de gallo' von Wolf und Hahn; so das Fablel 'Dou lou et de l'oue' von Jean de Boves (bei Barbazan und Méon III 53—55); wichtig für uns ist, dafs die Hahnfabel Pierres von St. Cloud (Méon 11, 4851—5492, Martin XVI 1—638) auf diese Form zurückgeht. Ebendahin gehört auch der erste Teil des ndd. Gedichts 'De vos und de hane' (ZfdA. 5, 406 ff., v. 1—160) und — vielleicht hiernach [1] — Burkard

---

[1] Beide Bearbeitungen stimmen besonders darin überein, dafs das gefangene Tier sich auf den Vater des Fuchses — das ndd. Gedicht nennt ihn Reynolt — beruft; wie dieser solle der Fuchs vorher niederknien und beten. Das Eichhorn an dieser Stelle dürfte wohl auf selbständiger Änderung Bur-

Waldis, Esopus IV 88 'Der Fuchs und das Eichhorn'; mündlich von Hahn und Fuchs bei den Slaven.[1]

In anderen deutschen Versionen tritt wie in dem altfranz. Fablel die Gans auf und bittet den Wolf um die Gunst, vor ihrem Ende noch einmal tanzen zu dürfen, weil es gerade Fastnacht sei: Burcard Waldis, Esopus IV 87 'Wolf und Gans'; das in Uhlands Volksliedern 2, 565 ff. mitgeteilte Volkslied; auf eine derartige Form muſs auch das siebenbürgische Märchen 'der Fuchs (Wolf) und die tanzende Gans' (Haltrich-Wolff No. 22b) zurückgehen. Dagegen berührt sich das andere siebenbürgische Märchen 'der Fuchs und die betenden Gänse' (Haltrich-Wolff No. 22a)[2] nur äuſserlich mit unserer Fabel.

Schlieſslich erscheint noch die verwandte äsopische Fabel 'ἔριφος καὶ λύκος' (Halm 134), so bei Pauli, Schimpf und Ernst, No. 175 'Ein wolf liesz ein kitzi tanzen'. Ob und in wieweit ein Zusammenhang der äsopischen Fabel mit den übrigen Versionen anzunehmen ist, bleibe dahingestellt.

b) Fuchs und Hahn. Charakteristisch ist: der Fuchs bringt den Hahn durch List in seine Gewalt; die Verfolger erscheinen; der Hahn um zu entwischen, veranlaſst den Fuchs, sich an die Verfolger zu wenden; die beiden Sprichworte am Ende sagen, man solle jederzeit die Augen offenhalten, und man solle nicht reden, wo schweigen besser sei. Die Überlistung des Hahns erscheint nie allein, sondern ist stets mit der darauf folgenden Überlistung des Fuchses verbunden.

Die älteste Darstellung[3] ist auch hier ein lateinisches Gedicht 'Gallus et vulpes' (Grimm und Schmeller, S. 345 ff.); in veränderter, wie es scheint, entstellter Form erscheint die Fabel in Nilants Romulus als 'Perdix et vulpus' (Oesterley, Romulus App. 9; Hervieux 2,132); wieder von Fuchs und Hahn im erweiterten Romulus (Oesterley, App. 45; Hervieux 2,533) = Marie de France No. 51, desgl. in No. 11 der Extravaganten (Oesterley, Stainhöwel).

Merkwürdig ist die kurze Anspielung eines lateinischen Gedichts (bei Du Méril a. a. O.), die unsere Fabel von Wolf und Fuchs berichtet; Vermischung mit der Kufsfabel (s. u. IIa) finden wir bei Guidrinus (Voigt, Kleinere lat. Denkm. der Tiersage RF 25,149 f.); über das Bruchstück eines lat. Gedichts des 15. Jahrh. vgl. Voigt, ebda. S. 35 f. und 111 f.

2. Dieser Form b) folgen die Tierepen: Ysengrimus IV 811—1044, Reinhart V. 11—176 und an verschiedenen Stellen der Renart.

---

kards beruhen; es ist wohl nur Zufall, wenn auch im Renart einmal (I a 1691 bis 98, 20, 11439—51) in einer verwandten Fabel das Eichhorn anstelle des Hahns erscheint.

[1] Krauſs, I 14: *'Danke gott für einen so schönen braten'*.
[2] Nachweise hierzu bei Brüder Grimm, Kinder- und Hausmärchen III³ 145 f. und Haltrich-Wolff S. 513.
[3] Über das vermutliche Alter der Fabel an sich vgl. Voigt QF 25,36.

Ein direkter Zusammenhang zwischen der Darstellung des Ysengr. und denen des Renart läfst sich nicht nachweisen. Unter letzteren ist die wichtigste die in Branche II 23—478, (5, 1267—1720), welche das Abenteuer am ausführlichsten und relativ altertümlichsten erzählt. Eine direkte Anspielung auf Br. II sind die Verse I^a 1669—72 (20, 11417—20). Die übrigen Darstellungen sind sehr freie Bearbeitungen der Fabel, welche jedoch sämtlich in irgendwelcher Weise zu Br. II in Beziehung zu stehen scheinen. Branche XIV 1—201 (8, 2661—2985) bringt ein neues Motiv, indem hier ein dritter, der betrogene und rachsüchtige Kater, den Fuchs zum Sprechen veranlafst und so dem Hahn zum Entkommen verhilft; einzelne formelle Übereinstimmungen weisen wohl auf Bekanntschaft mit Br. II. Branche XVII 1074—1203 (32, 29748—29887) erzählt, wie der für tot gehaltene Renart den Hahn fortträgt, gegen dessen Überlistungsversuch standhaft bleibt, ihn aber schliefslich aus Angst vor den Verfolgern selbst wieder freigiebt; die Verse 1126 f. *Que par engin et par parole L'avoit autre foiz engingnie* könnten sich ebensowohl auf Br. XVI (s. o.) als auf Br. II beziehen.[1] In welcher Beziehung vermutlich Branche IX zu Br. II steht, wird später (vgl. No. 6) erörtert werden. Noch sei bemerkt, dafs die Fabel nach Br. II von Chaucer in seinen Canterbury Tales als 'Nun priest's tale' zwar ziemlich frei, aber sehr gewandt und glücklich widergegeben ist und dem Original zum mindesten nichts nachgiebt. Der deutsche RF stimmt am Nächsten zu Br. II.

3. Vergleichende Inhaltsübersicht.

Renart II 23—468.[3]

R. begiebt sich nach einem Dorfe, wo er Nahrung zu finden hofft (V. 23 bis 29).

Hier wohnt der reiche Bauer[3] Herr Constans de Noes (V. 30—43).

Aber der Hof ist umschlossen

RF 11—176.[2]

(vgl. 41 ff.).

Bei einem Dorf wohnt ein reicher Bauer[3], Meister Lanzelin (V. 11-19).

Seine Frau heifst Ruotzela. Der Fuchs raubt ihnen oft Hühner, weil Hof und Garten nicht umzäunt ist. Ruotzela schilt darum ihren Mann (V. 20—32).

Dieser baut einen Zaun (V. 33

---

[1] Die gröfsere Wahrscheinlichkeit spricht vielleicht für Br. XVI, wenn man die obigen Verse direkt auf XVI 600 ff. beziehen darf: *Se vous estes or deceüs Par trop chanter, si vous tesiez, Qant vous en serez aesiez Une autre fois, s'on vos en proie.*

[2] Der Prolog im RF hat mit dem der II. Branche nichts zu thun; er findet überhaupt nichts Entsprechendes im Ren. und stammt offenbar vom Übersetzer.

[3] *Un vilain qui moult ert garnis, Manoit moult pres du plesseïs — Ein gebûre vil rîche, Der saz gemelîche Bî einem dorfe uber ein velt.*

von spitzen und starken Pfählen und einer Dornhecke (V. 44—47). Hierher hat der Bauer seine Hühner gethan (V. 48 f.).¹

R. kommt und kann nicht über den Zaun springen, auch nicht unten durchkriechen (V. 50—58).
Er kauert sich auf den Weg und überlegt (V. 59—70).
Er bemerkt einen zerbrochenen Pfahl; hier springt er über und verbirgt sich (V. 71—77).
Aber die Hühner haben es bemerkt und fliehen (V. 78—80).
Chantecler der Hahn kommt würdevoll herbei (V. 81—86).
Er fragt die Hennen, warum sie fliehen. Pinte antwortet, sie habe ein wildes Tier gesehen. Ch. sucht ihre Furcht zu beschwichtigen; aber Pinte hat das Kraut sich bewegen sehen (V. 87—107).
Ch. versichert ihr, dafs sie in diesem Hof sicher sei; sie solle wieder zurückkehren (V. 108—113).
Er selbst begiebt sich wieder an seinen alten Platz (V. 114—124). Er schläft ein und träumt, er zöge einen roten Pelz mit beinerner Halsöffnung¹ verkehrt an (V. 125—160). Er erwacht und ruft den heil. Geist an (V. 161—164). Dann geht er eilig zu seinen Hennen und nimmt Pinte beiseite (V. 165—171).
Er erzählt ihr seinen Traum ausführlich (wie oben 133 ff.) (V. 112—217).

Pinte deutet den Traum auf den Fuchs (V. 218—254).

—37). Hier glaubt er Hahn und Henne sicher (V. 38—40).¹

Eines Tages mit Sonnenaufgang geht R. nach dem Hühnerhof, um sich den Hahn Schanteclèr zu holen (V. 41—46).
Der Zaun ist ihm zu dicht und zu hoch (V. 47).

Er zieht unten ein Reisholz heraus und kriecht unten durch (V. 48—53).
Pinte gewahrt die Bewegung und weckt Sch. (V. 54—58).
Sch. kommt eiligst herbei (V. 59).

(vgl. V. 75—82).
Sch. heifst die Hennen wieder zurückkehren, da sie hier sicher seien (V. 60—64).

(vgl. V. 65—74).

Aber er selbst hat einen Traum gehabt, er wäre in einem roten Pelz mit beinerner Halsöffnung¹; er fürchtet Unheil (V. 65—74).
Pinte hat im Kraut etwas verdächtiges bemerkt; sie fürchtet für Sch. (V. 75—82).

---

¹ *Laiens avoit mis ses gelines Dant Constant pour la forteresce — Darinne wânt er hûn behuot Schanteclêrn und sîn wîp.*
² *Et avoit un ros peliçon Dont li ourlet estoient d'os — Wie ich in einem röten belliz solde sin, Daz houbetloch was beinîn.*

(vgl. V. 259—275).
Sie rät ihm, an seinen Platz zurückzukehren, weil der Fuchs schon in der Nähe sei (V. 255—58).

Er glaubt jedoch ihre Deutung nicht (V. 259—175).
Ch. kehrt an seinen vorigen Platz zurück und schläft wieder ein (V. 276—278).
R. macht einen Anfall auf den schlafenden Ch., dieser rettet sich durch einen Seitensprung (V. 279—96).
R. beginnt es nun mit List (V. 279—302).
Er bittet Ch. als seinen Cousin, nicht zu fliehen; sogleich ist Ch. wieder vergnügt (V. 303—8).
R. fragt jenen, ob er sich noch seines Vaters Chanteclin entsinne (S. 309—11).

Er rühmt diesen als guten Sänger (V. 312—18).

Ch. zweifelt an Rs. Ehrlichkeit. Dieser versichert ihn jedoch unter Berufung auf die Blutsverwandschaft seiner Zuneigung und bittet ihn zu singen (V. 319—26).
Ch. glaubt ihm zwar nicht, singt aber doch, dabei immer mit dem einen offnen Auge nach dem Fuchs blickend (V. 327—40).

Der Fuchs: Chanteclin hat immer beide Augen geschlossen; ohne Mifstrauen thut es auch Ch. (V. 341—47).
Da fafst ihn R.[1] am Halse und flieht (V. 348—52).
Pinte sieht es und jammert[2] (V. 353—68).

Die Hausfrau will — es ist Vesper-

Sch. verlacht ihre Furcht (V. 83—88).
Sie mahnt ihn sich für seine Kinder zu erhalten, und bittet ihn auf den Dornstrauch zu fliegen (V. 89—98).
(vgl. V. 83—88).

Sch. fliegt auf den Dornstrauch (V. 99).

R. will ihn herablocken (V. 100—105).

Er fragt Sch., ob er das Sengelin sei; nein, das wäre sein Vater gewesen, antwortet jener (V. 106—109).
R. bedauert Sengelins Tod (V. 110 f.).
Er rühmt, wie liebenswürdig Sengelin allzeit gegen seinen Vater gewesen (V. 112—25).

Um gleich liebenswürdig zu sein wie sein Vater, fliegt Sch. vom Dornstrauch herab und singt mit geschlossenen Augen (V. 126—33).

Da fafst ihn R.[1] am Kopf (V. 134).

Pinte jammert[2] (V. 135).

R. trabt nach dem Wald (V. 136-38).

---

[1] *Le prent Renars parmi le col — Bt dem houbete nam in Reinhart.*
[2] *Moult commence a dementer — Pinte . . . begunde sich missehaben.*

zeit — ihre Hühner unter Dach bringen. Sie vermifst Bise und Rosete; sie ruft nach Ch. und sieht, wie R. ihn davonträgt. Sie verfolgt ihn, kann ihn aber nicht einholen (V. 369 —82).

Auf ihr Geschrei kommen die Bauern, denen sie den Hergang erzählt; Constans schilt sie (V. 383— 401).

Sie gewahren, wie R. durch die Öffnung des Zauns springt; sie verfolgen R. mit Hunden (V. 402—17).

Ch. veranlafst den Fuchs, die Verfolger zu verhöhnen; sobald er jedoch den Mund aufthut, entflieht der Hahn auf einen Baum¹ (V. 418—37).

R. ist darüber sehr traurig² (V. 438 —40).

Ch. höhnt den Fuchs (V. 441—43).

R. tadelt den Mund, der zur Unzeit spricht³ (V. 444—48).

Ch. tadelt den, der zur Unzeit schläft.⁴ Er will nichts mehr von R. wissen (V. 449—50).

R. geht zornig und hungrig davon (V. 460—68).

Auf den Lärm kommt Lanzelin (V. 139 f.).

Sch. veranlafst den Fuchs zu sprechen; sobald er den Mund öffnet, entwischt er auf einen Baum¹ (V. 141 —51).

= (V. 152).²

Sch. höhnt den Fuchs: der Weg sei ihm zu lang geworden (V. 152— 60).

R. tadelt den, welcher zum eigenen Schaden Antwort giebt oder zur Unzeit spricht³ (V. 161—66).

Sch. erwidert, es sei gut, sich jederzeit in Acht zu nehmen⁴ (V. 167—69).

Lanzelin nähert sich (V. 170 f.).
= (V. 172—176).

4. Die vorstehende Übersicht giebt ein anschauliches Bild, wie sich die beiden Versionen im einzelnen zu einander verhalten: sie stimmen in den meisten Hauptzügen, vielfach auch in Einzelheiten, zuweilen sogar wörtlich, überein; dazwischen aber finden

---

¹ *Et vint volant sur un pomier — Er vlouc zuo der stunde ûf einen boum.*

² *Renars fu bas sur un fomier Grains et marriz et trespensez — Reinhart harte trûrec was.*

³ *La bouche, fet-il, soit honie Qui s'entremet de noise fere A l'eure qu'ele se doit tere — er ist tump ... swer danne ist klaffens vol, sô er von rehte swîgen sol.*

⁴ *La male gote li cret l'oil Qui s'entremet de someller A l'ore que il doit veillier — er ware weizgot niht alware swer sich behuotet ze aller zît.* Vgl. hierzu Grimm und Schmeller, Lat. Ged. S. 345: *Incurrat lingua prostulas Quam possidet loquacitas Cum est dampnosum prologui Neque sic volet comprimi; Has incurrant et oculi .. Qui sponte semet oculunt Cum imminet periculum;* und Hervieux 2, 533: *Ve sibi qui loquitur cum melius deberet tacere; ve sibi qui claudit oculos cum potius deberet eos aperire.*

wir zahlreiche Abweichungen, Stücke der einen Version fehlen in der anderen völlig. Im Ganzen ist der Ren. weit ausführlicher als der RF: 446 gegen 164 Verse, das Verhältnis ist also ca. 3 zu 1. Diese Überzahl ergiebt sich auf verschiedene Weise: die einzelnen Handlungen und Schilderungen werden mit mehr Worten gegeben, man vergleiche beispielsweise im Eingang die Schilderung vom Reichtum des Bauern die im Ren. 13, im RF 6 Verse einnimmt, oder den Traum des Hahns mit 16 Versen im Ren., mit 2 in RF; aufserdem aber bietet der Ren. Wiederholungen wie z. B. die dreimalige Erzählung des Traums, Erweiterungen der Handlung selbst wie den ersten Angriff des Fuchses auf den Hahn u. s. f.

5. Man kann dabei unschwer die Beobachtung machen, dafs der Verlauf der Handlung im RF vielfach der einfachere und natürlichere ist; hingegen im Ren. fehlt es nicht an Unwahrscheinlichkeiten und Widersprüchen. So mufs im Ren. Chantecler kurz nacheinander zweimal einschlafen, um zuerst den Traum und dann den ersten Angriff des Fuchses zu ermöglichen. Weiterhin stört es, dafs Pinte in dem Eindringling von Anfang den Fuchs erkennt und auf ihn den Traum deutet: die ganze weitere Handlung wird dadurch unwahrscheinlich. Pinte weifs, dafs der Fuchs im Kraut steckt, und doch giebt sie Chantecler keinen besseren Rat, als den, an seinen alten Platz zurückkehren — also gerade dahin, wo Ch. nachher überfallen wird. Der erste Angriff Rs. dient gleichfalls nur dazu, die Unwahrscheinlichkeit der folgenden Handlung zu vergröfsern. Zwar ist der Hahn jetzt mifstrauisch; aber damit das Ende möglich werde, mufs dies Mifstrauen hurtig schwinden auf die trügerische Versicherung des Fuchses, Chanteclin habe stets beide Augen beim Singen geschlossen. Auch die Überlistung des Fuchses durch den Hahn ist gekünstelt (vgl. V. 426 f.). — Demgegenüber erscheint im RF alles einfach und natürlich: Es ist morgen. Als Schanteclêr von Pinte geweckt wird, erzählt er den Traum, den er in der Nacht geträumt. Pinte weifs nicht, dafs es der gefährliche Fuchs ist, der im Kraut steckt, sondern nur 'was übles', aber sie giebt den Hahn den wohlgemeinten Rat 'vlieget ûf disen dorn'. Sch. ist nun oben, der Fuchs unten; da kein Angriff Reinharts vorausgegangen, wundert uns die Vertrauensseligkeit Schs. auch nicht so sehr wie im Ren.

Es fragt sich, wie man dies Verhältnis aufzufassen hat. Die Annahme, das Natürlichere müsse auch das Originellere sein, wäre voreilig; wir kennen die Grenzen von Heinrichs dichterischer Befähigung noch nicht, und man mufs im Prinzip, wenn auch nicht die Wahrscheinlichkeit, so doch die Möglichkeit zu geben, dafs ein begabter Übersetzer alle jene Unzuträglichkeiten empfunden und geschickt beseitigt hätte. Wenn man aber die verwandten Versionen heranzieht, so läfst sich schon im Algemeinen sagen, dafs gerade in den fraglichen Punkten der Ren. nicht dem RF allein, sondern den übrigen Versionen überhaupt gegenübersteht. Genaueres ergiebt die vergleichende Betrachtung einzelner Punkte.

6. Der erste Angriff Rs. auf den schlafenden Ch. ist unter den hierher gehörigen Versionen allein der II. Branche des Ren. eigen. Dafs ihn auch der Ysengrimus nicht bietet, weist jedenfalls darauf, dafs es nicht ein gemeinsamer, der Quelle — mag dies eine schriftliche Vorlage oder die mündliche Überlieferung gewesen sein — angehöriger Zug war. Auch Chaucers 'Nun priest's tale' entbehrt des ersten Angriffs; doch soll hierauf kein Gewicht gelegt werden, da der englische Dichter aufserordentlich frei verfährt und somit die Übereinstimmung zwischen den beiden Bearbeitungen der II. Br. immerhin auf einen Zufall zurückgeführt werden könnte.

Wichtiger ist, dafs der verfehlte Angriff Rs. bei Pierre von St. Cloud wiederkehrt. Hier — Br. II, 4851—5492, XVI 1—638 — wird folgendes erzählt.

R. begiebt sich nach den Hof des reichen Maire Bertolt; ein angefaulter Pfahl gestattet ihm den Eintritt. Den arglos daherkommenden Ch. überfällt er, dieser jedoch rettet sich durch einen Seitensprung und ruft durch sein Geschrei Bertolt herbei. Der fängt zuerst vermittelst eines Netzes den Fuchs, wird aber von ihm so verwundet, dafs er ihm freiwillig den Hahn überläfst. Derselbe, zwischen Rs. Zähnen, weint und erwidert auf jenes Befragen, er würde leichter sterben, wenn ihm R. vor seinem Ende ein Lied singen wollte. R. will ihm den Gefallen thun; dabei entwischt der Hahn auf den nächsten Baum. — Man erkennt, so frei auch die Bearbeitung ist, dafs sie nicht auf die Form b), sondern a) zurückgeht: das zeigt das Fehlen von der Überlistung des Hahns, die Bitte desselben um ein Lied und des Fuchses Spruchweisheit am Schlufs; der Vers 620 *'Q'a son menger parlast petit'* stimmt nicht zu den allgemeinen Wendungen in Ren. II und RF (s. o. S. 19, Note 3 und 4), wohl aber zu Alcuins *'Capitur falsis cariturus laudibus escis Aute cibum voces dum spargere tentat inanes'* und dem *'Dehait chanter devant mengier'* des Fablels, wie auch noch Burcard Waldis den Spruch wiedergiebt *'Das gratias keiner ausrufft, Er hab denn erst den balg gefüllt'*.

Pierre folgt also entschieden der Form Iᵃ. Nun stimmt aber Rs. erster Angriff in Br. II nicht nur dem Inhalt, sondern auch der Form nach so auffällig zu Br. XVI, dafs man nur an Entlehnung denken kann:

XVI 179.

Que que cil a grater entent,	II 282 *Qant il voit que celui somelle,*
Renart se lieve, si descent	*Vers lui aprime sanz demore..*
Vers lui pour prendre, mes il faut	283 *Renars failli, qui fu engres,*
Quar Chantecler en travers saut.	*Et Chantecler saut en travers.*
Or est Renart moult mal bailli	297 *Qant Renars voit qu'il a failli,*
Quant il voit que il a failli.	*Forment se tint a mal bailli.*

Dafs die Entlehnung auf Seiten der II. Br. liegt, braucht nach dem Obigen kaum noch gesagt zu werden. Der Form Iᵇ ist dieser

Angriff von Haus aus fremd. Bei Pierre pafst er nicht nur trefflich in den Zusammenhang, sondern ist sogar für den weiteren Verlauf unbedingt erforderlich; in der II. Br. dagegen stört er, wie bereits oben angeführt, die Handlung vollkommen. Und dafs gerade jener Zug, den Br. II aus Br. XVI entlehnt hat, im deutschen RF fehlt, bürgt dafür, dafs die Entlehnung in der Vorlage des Glichezâre noch nicht stattgefunden hatte — ganz abgesehen davon, dafs die Branche Pierres zur Zeit des Glichezâre vermutlich überhaupt noch nicht existierte. Die Benutzung der XVI. Branche durch einen Überarbeiter der II. Brauche erklärt die meisten Abweichungen und Unwahrscheinlichkeiten der letzter gegenüber dem RF: Um den Angriff überhaupt möglich zu machen, mufs Pinte den verkehrten Rat geben; da Chantecler — anders als bei Pierre — so eindringlich gewarnt ist, mufs er natürlich schlafend, mit geschlossenen Augen überrascht werden. Vielleicht gehört hierher auch die abweichende Art, wie R. in den Hof gelangt: der angefaulte Pfahl, der in Br. II das Eindringen ermöglicht, findet sich auch in Br. XVI wieder [1]; dadurch dafs nun der Fuchs überspringt, anstatt wie im RF untendurchzukriechen, wird es möglich, dafs er von Anfang an erkannt und der Traum von Pinte auf ihn gedeutet wird. So erweisen sich manche der Abweichungen und Erweiterungen des Rn. als spätere Änderungen und Zusätze.

7. Bei diesem Verhältnis des RF zum Rn. mufs es auffallen, dafs ersteren an einer Stelle mehr bietet als der letztere: die Eingangsscene zwischen dem Bauer und seinem Weib. Man darf sie nicht ohne weiteres für Erfindung des Glichezâre erklären: sie stört den Zusammenhang nicht im Mindesten, leitet vielmehr trefflich von der Schilderung des Bauern zu der eigentlichen Erzählung über. Auf der anderen Seite wiederum erscheint es merkwürdig, dafs die Scenen in der II. Branche gar keine Spur zurückgelassen.

Ich glaube jedoch, dafs unsere Scene an einer anderen Stelle des Rn. benutzt ist, und zwar in der IX. Branche (Méon 25). Die allgemeine Situation ist hier freilich völlig verändert: der Fuchs will nicht den Hahn rauben, sondern den freiwillig versprochenen holen; aber im einzelnen finden sich so genaue Übereinstimmungen, dafs es schwer wird, an einen blofsen Zufall zu glauben: Der Bauer Lietart hat dem Fuchs zur Belohnung dafür, dafs dieser ihm seinen Ochsen vor den Bären gerettet, den Hahn Blancart versprochen. Mit Sonnenaufgang geht R. nach dem Hof, um den Hahn zu holen.[2] Der Bauer bessert gerade einen schadhaften Zaun

---

[1] XVI 154 ff. *Que par devers le plesseïs Trouve un pel par aventure Qui ert usé de pourreture. Par la s'en est entrez dedens.* — II 71 ff. *Ou retour de la soif choisist Un pel froissié: dedens se mist.*

[2] IX 1065 ff.: *Si tost con li jors escleira Renart qui ja bien ne fera, De Malpertus son fort plaissie S'en est issu le col baissie. A itant del aler estuide: Que il bien de verite cuide Avoir les jelines Litart Et avoques le coc Blanchart* — vgl. dazu RF V. 1211 ff. *Eines tages dô diu sunne ûf gie, Rein-*

aus. Als er den Fuchs kommen sieht, reut ihn sein Versprechen, und er geht zu seiner Frau Brunmatin. Sie tadelt seine Faulheit und schimpft ihn.[1] Er bittet sie, ihm nicht zu zürnen [2]; er wolle mit ihr beraten, wie man den Hahn vor dem Fuchs retten könne[3], denn zu ihrer Klugheit hat er das beste Vertrauen.[4] Sie rät ihm, den Fuchs ruhig herankommen zu lassen und dann die Hunde auf ihn zu hetzen; um R. noch sicherer zu machen, solle er sich wieder an den Zaunbau begeben.[5] Wenn jener den Hahn verlange, solle er sagen, derselbe sei zu alt und zäh. Der Bauer lobt den Rat seiner Frau; damit R. nicht entwischen könne, will er den Zaun vollends fertig machen. Er geht hin, R. kommt und verlangt den Hahn. Jener thut, als ob er nichts höre; der Fuchs drängt sich durch die Hecke ein.[6] Dann folgt die Überlistung des Fuchses in der verabredeten Weise. Bemerkt sei noch, dafs später, als der Bauer durch die Drohungen des Fuchses genötigt wird, sein Versprechen doch noch zu erfüllen, die zehn Hühner, die er samt den Hahn dem Fuchse übergiebt, wieder an den RF erinnern[7]; doch soll diese Übereinstimmung nicht zu stark betont werden, da bei einer so häufig gebrauchten Zahl am ehesten ein Zufall möglich ist.

Dagegen lassen sich die übrigen Übereinstimmungen in ihrer Gesamtheit nicht ignorieren: jedes einzelne Moment der Reinhartscenen findet sich hier — jedoch unter einen anderen Gesichtspunkt gestellt — wieder, z. T. wörtlich, hie und da sogar in Übereinstimmung von RF und Br. IX gegen Br. II. Von einem direkten Zusammenhange kann natürlich nicht die Rede sein: es mufs eine gemeinsame Vorlage gegeben haben, und diese war offenbar das Hahnabenteuer in der Form, wie es dem Glichezâre vorlag. Hier-

---

hart dô niht enlie, Ern gienge zuo dem hove mit sinnen: Dô wolt er einer unminnen Schanteclêrn bereiten. In der Br. II dagegen ist die Handlung auf den Nachmittag verlegt (s. V. 369 ff.), wenn man sich nicht den Fuchs wie bei Chaucer einen ganzen Tag im Kraut liegend denken will.

[1] IX 1106 'Trop laissies ovre par matin, Sire malves vilain' fait ele — vgl. RF 28 Bûbe Ruozela zuo im sprach "alter gouch, Lanzelîn..."

[2] Auch im RF vergilt er ihre Scheltreden nicht, vgl. V. 35 f. meister Lanzelîn was bescholden (Daz ist noch unvergolden).

[3] IX 1117 f. Comment poisse decevoir Renart qui ci iloques vient, und V. 1132 ff. Pens i de bon cuer orendroit Comment nos puisson estranger Renart qui bien quide mangier Nos jelines et nos capons — vgl. RF V. 21 ff. Er hâte eine grôze klage, Er muoste hüeten alle tage Sîner hüener vor Reinharte.

[4] Auch im RF folgt er ihrem Rat: V. 35 f. Doch er das niht enlies Ern tæte, als in Ruozela hies: Einen sûn machter vil guot. Vgl. dazu noch IX 1229 f.

[5] Auch im RF geht der Rat zum Zaunbau von der Frau aus; vgl. Note 4.

[6] IX 1244 Renart en la haie se bote = RF 51 nû wanter sich durch den hac. Dagegen hat Br. II 75 f. Renart vint, oultre s'em passe, Cheoir se laist en une masse.

[7] IX 2012 f., 2118 ff. — dazu RF 30 f. Nû hân ich der hüener mîn Von Reinharte sehen verlorn.

nach hat der Dichter der IX. Branche die Hahnfabel noch in einer älteren Form gekannt und benutzt. Dem widerstreitet nichts von dem, was wir über Datierung der einzelnen Branchen wissen: die IX. Branche ist vermutlich zwischen 1201 und 1234 entstanden [1], Pierre dichtete seine Branche Ende des 12. oder Anfang des 13. Jahrh.[2]; und erst nach Pierre kann ja unsere Branche ihre jetzige Gestalt erhalten fiaben.

8. Unter solchen Umständen bekommen auch die dem RF eigentümlichen Personennamen Lanzelin und Ruotzela ihre Bedeutung. Einmal eine Überarbeitung der franz. Branche zugeben, ist es nicht nur möglich, sondern wahrscheinlich, dafs der Name des Bauern Constans des Noes dem Überarbeiter und nicht dem Originalgedicht angehört. Wenigstens finden wir in allen übrigen Bearbeitungen der Hahnfabel eigentümliche Namen: die Br. XIV nennt den Bauern Gombaut; bei Pierre heifst der Besitzer Chanteclers Bertolt; in Br. IX finden wir den Namen Lietart, und selbst der Hahn trägt hier einen anderen Namen, Blanchart. Die Willkür der franz. Trouvères in der Anwendung der Personennamen ist somit offenbar. Die Bearbeitung der II. Branche ist überdies sehr frei und wird die Personennamen um so weniger geschont haben, als es dem Bearbeiter darauf ankommen mufste, den Schein der Neuheit zu erwecken. Halten wir nun alles dies zusammen mit dem, was oben (S. 11 f.) über die Personennamen beim Gl. überhaupt gesagt ist, so wird es mehr als wahrscheinlich, dafs die Namen Lanzelin und Ruotzela der franz. Vorlage angehört haben.

9. Es läfst sich nicht sicher sagen, ob bei der Überarbeitung des alten Gedichts noch andere Quellen aufser Br. XVI benutzt worden sind. Wenigstens gehört der Zug, dafs im Ren. der Fuchs den Hahn erst das eine Auge, dann beide schliefsen läfst, nicht der Erfindung eines Trouvères an: wir finden diesen Zug in der ältesten schriftlichen Darstellung, dem lateinischen Gedicht 'Gallus et vulpes' wieder. Hat der Gl. diesen Zug unterdrückt? Oder ist es erst der spätere Zusatz eines Überarbeiters? Bei der Unabweisbarkeit einer Überarbeitung ist letzteres das wahrscheinlichere. Andere dem RF fremde Stücke, wie z. B. die Entdeckung des Raubes durch die Hausfrau, wird nicht sowohl aus einer bestimmten Quelle als aus der freien Phantasie des Überarbeiters geschöpft sein.

10. Aus alledem ergiebt sich, dafs die Überarbeitung eine ziemlich durchgreifende gewesen sein mufs: in Inhalt, Ausdehnung und Form. Es wird überhaupt fraglich, ob man nicht mehrere Überarbeiter anzunehmen hat.

Dadurch wird es natürlich schwer die Vorlage des Gl. selbst genau zu bestimmen, unmöglich, etwa aus der jetzigen Br. II und dem RF ihren Wortlaut herzustellen. Rechnet man alles ab, was

---

[1] Martin, Obs. S. 58.
[2] Martin, Obs. S. 111. 84.

vermutlich spätere Erweiterungen und Zusätze sind, so ergiebt sich, dafs die Vorlage im Allgemeinen wohl nicht viel umfangreicher war als die Darstellung im RF. Damit soll nicht gesagt sein, dafs der deutsche Dichter etwa Zeile für Zeile übersetzt habe: wie jeder nicht sklavische Übersetzer wird er wohl hie und da einmal einen ihm unbequemen oder überflüssig scheinenden Vers weggelassen haben. Jedenfalls hat er aber nicht prinzipiell gekürzt oder ausgezogen. Manche Stellen, die er entweder treuer als unser Rn. bewahrt oder selbst hinzugedichtet hat, zeigen, dafs es ihm durchaus nicht darum zu thun war, möglichst rasch zum Ende zu eilen: so die humorvolle Antwort Schanteclêrs V. 83 ff. *sam mir mîn lip. Me verzaget ein wip, Danne tuon viere man*, Pintes rührende Mahnung an Sch., sich für seine kleinen Kinder zu erhalten und sein Weib vor Leid zu bewahren. Ein offenbarer Zusatz des Dichters aus dem heimischen Sprichwörterschatz sind die Verse 162—164, denn in allen fremden Versionen erscheinen an dieser Stelle nur die beiden folgenden Sprichwörter V. 165 ff. und V. 167 ff. — Wenn dagegen in V. 139 ff. sowohl Martin (Obs. S. 107) als auch Reifsenberger (S. 25) die Erwähnung der Verfolgung und der Scheltworte der Bauern vermifst, so läfst sich erwidern, dafs das französische „*or ca, or ci!*" „*or tost apres!*" „*vez le gorpil!*" ebensowenig für Scheltworte gelten darf als das deutsche „*o wê der hüener mîn!*" d. h. die Anrede des Hahns im Ren. „*Dont n'oez quel honte vos dient Cil vilain qui si vos escrient?*" ist ebenso wenig oder ebenso gut motiviert wie RF V. 143 „*Wes hât ir iuch disen gebûr beschelten?*" Das ganze ist ja nur eine List des Hahns, um den Fuchs zum Sprechen zu bringen, da darf mans mit den Worten wohl nicht zu genau nehmen; thut man es aber doch, so darf man auch vom RF nicht mehr Genauigkeit verlangen als vom Rn.

12. **Resultat: Der deutsche Dichter hatte eine Vorlage, von welcher sich seine Übersetzung nach Umfang und Inhalt nicht wesentlich entfernte. Diese Vorlage enthielt noch die Eingangsscene des RF zwischen dem Bauern und seinem Weib, aber noch nicht den ersten Angriff des Fuchses auf den schlafenden Hahn. Später wurde das Gedicht — vielleicht mehrfach — umgearbeitet, z. T. unter Benutzung der XVI. (11.) Branche.**

II. Fuchs und Meise.

1. **Nachweise**: Robert zu La Fontaine II 15 (Band I 145). — Kurz zu Waldis IV 2. — Oesterley zu Kirchhof III 128. — Regnier, Œuvres de La Fontaine I 175. — Voigt S. LXXXI. — *Haltrich-Wolff zu No. 20. — *Martin, Obs. S. 33. — *Bozon, No. 61, Anm.[1]

Wie die Erzählung im Rn. vorliegt, enthält sie zwei Fabeln.
a) Die Kufsfabel: von Fuchs und Meise im RF V. 177—216,

---

[1] Hierzu das Buch von Soulier, La Fontaine et ses devanciers, Paris-Angers 1861, das mir nicht zugänglich war.

hierzu vielleicht die Anspielung Rn. V\ua 759—62; von Wolf und Schaf in, wie es scheint, sehr freier Bearbeitung und unter Vermischung mit der Friedensfabel bei Odo de Ceringtonia (Hervieux II 661); von Fuchs und Hahn bei Guidrinus (Voigt, Kl. lat. Denkm. RF 25,144 f.); desgl. von Fuchs und Hahn in Seb. Francks Sprichwörtern, Frankfurt 1831, S. 115, und in eigentümlicher Weiterbildung in dem Siebenbürgener Märchen (der Fuchs als Gottesmann will dem Hahn den Staar heilen). Über Ren. II 469 ff. und VI 298 ff. s. u.

b) Die Friedensfabel. Die Beziehung zu Äsop, $κύων$ $καὶ$ $ἀλεκτρύων$ (Halm 225), scheint mir mehr als zweifelhaft. In der abendländischen Fabellitteratur finden wir die Fabel zunächst von Fuchs und Taube: so im erweiterten Romulus (Oesterley, Romulus app. 46; Hervieux II 533) = Marie de France, Fabel 52, so auch später bei Bozon 61. Mündlich ist die Fabel von Fuchs und Hühnern bei den Slaven bekannt, vgl. Krauss II No. 10. Im Tierepos finden wir die Fabel zuerst im Ysengrimus V 1—316 von Fuchs und Hahn, im Anschluss an die Fabel I\ub (s. o.); von Fuchs und Eichhorn[1] in einer kurzen Anspielung Br. I\ua 1691—98 (21, 11439—46); mit der Kufsfabel vermischt von Fuchs und Meise Rn. Br. II 469—601 (6, 1721—1863) und wahrscheinlich hiernach die Anspielung Br. VI 298—314 (24, 13880—96). Reinaert 315—420 (hiernach Reinke I 4) bietet ein eigentümliche Umformung (Fuchs Eremit), wahrscheinlich nach Romulus gearbeitet, nicht nach den Tierepos. Weit verbreitet ist die Fabel in den späteren Sammlungen, Poggius, Steinhöwel, Kirchhof u. s. w.; auch hier berührt sich Burcard Waldis IV 2 mit dem niederd. Gedicht 'de vos uñ de hane' ZfdA. 5, 406 ff. V. 161—227 (Brief vom Papst).

2. Inhaltsübersicht.

Rn. II 469—601, 6, 1721—1863.

R. bittet seine Gevatterin Meise, ihn zu küssen (469—75).[2]

PF 177—216.

R. möchte seine Gevatterin Meise küssen[2]; er beklagt sich, dass sie ihm als ihren Gevatter seine Treue so schlecht vergelte (177—88).

Sie traut ihm nicht, weil er schon viel Böses getban (476—84).

(vgl. 189—91).

Er schwört bei seiner Gevatterschaft, dass er nichts dergleichen getban (485—69).

(vgl. 185 ff.).

Nobles Landfrieden verbiete es ihm ja (490—502).

Gleichwohl will die Meise sich auf die Küsserei nicht einlassen (503—8).

Da erbietet sich R., sie mit geschlossenen Augen zu küs-

Die Meise fürchtet seine schrecklichen Augen und bittet

---

[1] Ähnliches wie hier wird Br. XIII 1551 ff. (29, 23529 ff.) erzählt, aber ohne das Friedensmoment.

[2] *Comere, bien soiez venue — got grüeze iuch, gevatere mîn.*

sen; die Meise ist einverstanden (509—15).

Während R. die Augen schliefst, nimmt die M. Moos und Laub und bestreicht ihm damit die Barthaare (515—19). R. schnappt zu und erwischt nur ein Blatt (520—22).[1]

Die Meise schilt über solchen Bruch des Landfriedens (523—29). R. giebt die Sache für einen Scherz aus und bittet die Meise um Wiederholung (530—35). Er schliefst die Augen wieder, sie kommt abermals ganz in seine Nähe, weicht aber seinem Bifs aus (536—45). Er giebt die Sache wiederum für einen Scherz aus und bittet um nochmalige Wiederholung; aber die M. bleibt taub auf seine Bitten (546—63). Unterdes erscheinen Jäger mit Hunden; den fliehenden R. erinnert die M. an den vorgeblichen Landfrieden (564—79). R. erwidert, jene seien noch zu jung gewesen, als ihre Väter den Frieden beschworen, und wüfsten daher nichts davon (580—94). Die M. ist jetzt bereit zum Küssen, R. hat aber keine Lust mehr und flieht (595—601).

Folgt ein Jägerabenteuer.

ihn, diese zu schliefsen, dann werde sie ihn dreimal küssen; R. freut sich (189—200).

Während R. die Augen schliefst, nimmt die Meise Unrat und läfst diesen auf Rs. Schnauze fallen (201—5).

R. schnappt zu und erwischt den Unrat (206—10).[1]

Umsonst hat er sich also abgemüht und ist betrübt, dafs ihm ein Vöglein hat überlisten können (211—216).

3. Es fällt sofort in die Augen, dafs alles, was der Friedensfabel angehört, im RF fehlt; das ist um so auffälliger, als diese Stücke nicht äufserlich angeflickt, sondern mit der ganzen Handlung eng verknüpft sind: vgl. V. 490 ff., 523 ff., 576 ff. Man wird kaum sagen dürfen, dafs der Gl. absichtlich alle Stellen, welche sich auf die Friedensfabel bezogen, ausgeschieden habe: ein Grund hierfür dürfte sich schwer finden lassen. Vielmehr ist die einzig mögliche Erklärung nur die, dafs in der Vorlage des Gl. die Verbindung der Kufsfabel mit der Friedensfabel noch nicht

---

[1] *Et quant Renars la cuide aerdre N'i trove se la foille non* — *Die zene wären ime gereit, Daz mist er dô begriffte.*

vollzogen war. Diese Erklärung wird gestützt — wofern sie überhaupt noch einer Stütze bedarf — dadurch, dafs dem RF auch das Auftreten von Jägern und Hunden mangelt: denn dieses steht wieder in Beziehung zur Friedensfabel, wo in sämtlichen Versionen der Schlufs der ist, dafs der Hahn, resp. die Taube, Jäger mit Hunden kommen sieht und so dem Fuchs das lügnerische seiner Vorspiegelungen ad oculos demonstriert.

Sieht man sich einmal zur Annahme einer dem RF ähnlichen Vorlage genötigt, so kann auch die Anspielung in Br. V[a] sich möglicherweise auf eine solche Form beziehen; weniger wahrscheinlich gilt dies von Br. VI, wo zwar der Frieden nicht direkt erwähnt wird, aber doch einzelnes auf die jetzige Form der Erzählung zu deuten scheint. Jedenfalls aber geht aus diesen Anspielungen hervor, dafs als wesentliches Moment des Abenteuers die Kufsfabel empfunden wird und das franz. Gedicht nicht etwa von Haus aus eine blofse Bearbeitung der Friedensfabel ist.

4. Im übrigen zeigt der Rn. einige Abweichungen und Wiederholungen. Die Wiederholung der Kufslist und Rs. dritter Lockversuch sind jedenfalls vom ästhetischen Gesichtspunkt aus nicht zu billigen, da die Meise von Anfang an den Trug durchschaut und eine Wiederholung somit keinen Fortschritt bringen kann. An sich braucht dies ja allerdings kein Grund dafür zu sein, dafs die Wiederholung in der Vorlage des Gl. nicht gestanden hatte; aber vermutlich verhält es sich hiermit nicht anders als mit den Unwahrscheinlichkeiten des ersten Abenteuers. — Sonst wäre zu erwähnen, dafs das schliefsen der Augen im Rn. eine List des Fuchses, im RF eine Gegenlist der Meise ist, sowie dafs im Rn. die Meise zum Fuchs in seine nächste Nähe herabfliegt, im RF aber von sicherer Höhe aus die List bewirkt. Das letztere scheint das Natürlichere. Es ist leicht möglich, dafs diese Abweichungen und Wiederholungen dem Überarbeiter zufallen.

5. Wenn dieser letzte Punkt unentschieden bleiben mufs, so ist es doch aus anderen Rücksichten wahrscheinlich, dafs der Gl. auch hier nicht ausgezogen, sondern übersetzt hat: das lehrt eine probeweise Vergleichung im Einzelnen. Den 4 ersten einleitenden Versen im Rn. entspricht im RF freilich nur einer, aber nachher dem Rn. 473 RF 178, Rn. 475 RF 179 f.; und RF 181—83 finden im Rn. überhaupt keine Entsprechung, ebensowenig V. 197—200, 206 f., 211 ff. Nur der äufsere Umstand, dafs die Erzählung in der jetzigen Gestalt des Rn. 133 Verse (ungerechnet das angeschlossene Jagdabenteuer), im RF nur 42 Verse zählt, kann zu der Annahme verführen, der Gl. habe seine Vorlage blofs ausgezogen.

6. Resultat: Die Vorlage des Gl. behandelte nur die Kufsfabel; später wurde dieselbe unter Benutzung der

---

[1] V[a] 759 ff.: *Et puis refist il bien que lere De la mesange sa commere Quant il au baissier l'assailli Comme Judas qui deu traï.*

aus der Fabellitteratur (resp. Ysengrimus) geschöpften Friedensfabel umgearbeitet.

III. Fuchs und Rabe.

1. **Nachweise**: Legrand 4, 38¹. — Roquefort zu Marie 14. — Robert zu La Fontaine I 2. — Oesterley zu Kirchhof 7, 30. — Kurz zu Waldis I 11. — Regnier zu La Fontaine I 2. — *Bozon No. 8, Note (S. 231).[1]

Die Erzählung zerfällt deutlich in zwei Teile:

a) Der Fuchs macht sich die Eitelkeit des Raben zu nutze und bringt diesen um seinen Käse. Das ist die bekannte äsopische [2] Fabel: Halm 204b, Babrius 77 (Ed. Schneidewin), Phaedrus I 13, Romulus I 14 und von hier ab fast in sämtlichen mittelalterlichen Fabelsammlungen zu finden. Der Form der Fabellitteratur gegenüber zeigt die Darstellung im Tierepos (Rn. und RF.) verschiedene besondere Züge, von denen sich jedoch einzelne hier und dort auch in der Fabellitteratur wiederfinden. So rühmt im Rn. und RF der Fuchs den Gesang von des Raben Vater: das begegnet aufser bei Bozon nicht nur im Yzopet[3], sondern auch bei Odo de Ceringtonia[4], der ja in England dichtete und somit vielleicht Quelle für Bozon war. Im Rn. bittet der Fuchs den Raben, zum zweitenmal etwas höher zu singen: das findet sich wieder in der lat. Fabel bei Hervieux II 743[5] — hier freilich an unrechter Stelle, da der Rabe den Käse nicht wie im Tierepos in den Krallen, sondern, wie sonst in der Fabellitteratur, im Schnabel hat; vermutlich also erst aus den Rn. eingeführt.

b) Der Fuchs stellt sich wund, bittet den Raben ihn von dem scharfriechenden Käse zu befreien und macht einen Angriff auf den Raben. Diese Weiterführung der Erzählung ist ein weiteres Charakteristikum für die Form der Tierepen. Der Grundgedanke berührt sich mit dem Bericht des Physiologus, wonach der Fuchs sich tot stellt, um Vögel anzulocken und zu fangen, ist aber in dieser Form zu allgemein, als das man den Physiologus als Quelle anzusehen hätte.

2. Im Tierepos erscheint die Erzählung nur im Rn. und RF, nicht im Ysengrimus. Einen ausgeführten Bericht finden wir Rn. II 842—1026 (15, 7187—7382); Anspielungen Br. I a 1683—90 (20, 11431—38), Br. V a 754 f. (18, 8732 f.), Br. VI 325—38 (24, 13909—22), Br. IX 568—73 (25, 15884—89). Und zwar spielen Br. I a und V auf beide Teile der Erzählungen an, V a nur auf den

---

[1] Vgl. dazu das Buch von Soulier (s. o.).
[2] Mit Benfeys indischen Parallelen (Pantschatantra I, 149) hat unsere Fabel nichts gemein, als dafs ein Käse darin vorkommt.
[3] Robert I 10: *Doumage iert que ne chantés Aussi bien com fist vostre pere.*
[4] Hervieux II 653: *Quoniam bene cantabat pater tuus, vellem audire vocem tuam.*
[5] *Qui parum cantavit. Tunc ait: Altius praedico cantetis.*

zweiten, IX nur auf den ersten. Einen Schluſs auf Einzelexistenz der beiden Teile, wird man daraus nicht ziehen dürfen, mindestens nicht auf eine solche des zweiten Teiles: die Dichter hoben nur das hervor, was ihnen an dem Ganzen das wesentlichste Moment dünkte.

3. Inhaltsübersicht.

Rn. II 842—1024; 15,787—7382.

RF 217—284.

R. legt sich, um auszuruhen, unter eine Buche ins Gras (843—57). Der Rabe Tiecelin hat den ganzen Tag noch nichts gegessen; er benutzt einen unbewachten Moment und stiehlt einen von den frischen Käsen, die man zum Trocknen aufgelegt hat. Indem kommt die Wächterin dazu und wirft den Raben mit Steinen, um ihm den Käse wieder abzujagen. Der Rabe ruft ihr zu, er nehme den Käse mit (858—82). Sie solle auf die übrigen Käse desto besser acht geben; den seinen will er sich in seinem Nest herrlich zu bereiten (883—94).[1]

Der Rabe setzt sich gerade auf den Baum, unter dem R. liegt, und sucht den Käse zu zerteilen (895—907).

Als dabei ein Stück herunterfällt, blickt R. auf und sieht den Raben mit seinen Käse (907—16).

Er begrüſst seinen Gevatter, rühmt den Gesang von des Raben Vater Rohart und bittet Tiec. schlieſslich um ein Lied (917—27).

T. singt (928 f.).

Er solle noch höher singen, bittet R. (930—33).

T. krächzt nochmals (934 f.).

Noch ein drittesmal soll ers probieren (936—40).

Während T. des Fuchses Bitte

Am heutigen Tag hat der Fuchs kein Glück (217—19).

R. erblickt auf einem Baum den Raben Diezelln mit einem frischen Käse; sogleich möchte er diesen haben. Er setzt sich unter den Baum (220—29).

Er redet Diez. an: er, als sein Neffe, freue sich ihn zu sehen; er wüſste gern, ob er auch so schön singe wie sein Vater (230—38).

D. erwidert, er singe schöner als alle seine Vorfahren (239—43).

= (244 f.).

R. bittet um Wiederholung (246 f.).

Während des Singens denkt T.

---

[1] V. 883—94 nur in Hs. A, resp. Hss.-Klasse α.

nachkommt, lockert sich ihm der rechte Fuſs und der Käse fällt herab[1] gerade vor R. (941—45).

Damit noch nicht zufrieden will er auch noch T. selbst in seine Gewalt bekommen (946—50).

Er steht auf und beginnt zu hinken (951—57).

Er klagt über den scharfen Käsegeruch, der seiner Wunde nicht zuträglich sei[2]; er habe sich neulich in einer Falle den Fuſs gebrochen. T. möge den Käse wegholen[3] (958—72). Er könne nicht fort (973—76).[4]

T. hält das alles für wahr und kommt nieder[5] (977—81).

Doch wagt er sich nicht in die Nähe des Fuchses. Dieser redet ihm zu: was ihm denn ein Verwundeter thun könne? (982—86).

R. wendet sich gegen ihn und springt auf ihn zu; fehlt ihn aber und reiſst ihm nur vier Federn aus (984—92).

T. springt zurück und verwünscht seine Sorglosigkeit; er schilt auf R. (993—1004)[6]

R. will sich entschuldigen; aber T. unterbricht ihn: er soll den Käse nur behalten; er selbst aber sei ein Narr, daſs er jenem geglaubt. R. ist still und verzehrt vergnügt seinen Käse; seiner Wunde schadet das ja nichts (1005—24).

nicht an den Käse; dieser fällt herab[1] vor Rs. Mund (248—52).

= (253—56).

R. erzählt, er sei am Morgen wund geworden; der Käsegeruch sei seiner Wunde sehr schädlich.[2] D. möge ihn dann befreien[3] (257—70).

D. fliegt bereitwillig herab[5] (271—74).

R. schluchzt. Als der Rabe den Käse wegnehmen will, springt er auf und reiſst ihm vier Federn aus; knapp entkommt D. (275—84).

Als R. den Käse verzehren will, kommt ein Jäger mit Hunden auf seine Spur. Er muſs den Käse liegen lassen; der Rabe führt die Verfolger auf Rs. Fährte u. s. w. (s. No. IV) (285 ff.).

4. Auch hier ist Rn. ausführlicher, meist durch Erweiterung der Handlung. Das Zögern vor der That, wie es hier der

---

[1] *Et li formages ciet a terre Tot droit devant les piez Renart* — *Der kæse viel im für den munt.*

[2] *Cist formages me put si fort Et flere qu'il ja m'aura mort. Tel chose i a qui molt m'esmaie, Que formages n'est prous a plaie* — *der kæse lit mir ze nähen bi. Er smecket sêre, ich fürht er si Mir zuo der wunden schedelich . . . Dîn neve alsus erstirbet.*

[3] *De cest mal si me defendes* — *Daz mahtu erwenden harte wol.*

[4] V. 973—76 nur in Hs. A, nicht in B und C.

[5] *Il descent jus que ert en haut (Var. a terre saut)* — *Der rabe zehant hinnider vlouc.*

[6] V. 993—1004 nur in Hs. A, nicht in B und C.

Rabe zeigt, ist in solchen Fällen beinahe typisch für den Rn., aber gerade an unserer Stelle recht ungeschickt, da eben die Verse 977 f. vorausgegangen sind: *Tiecelins cuide que voir die Por ce que en plorant li prie*. — Von der langen Einleitung im Rn., die den Käsediebstahl des Raben ausführlich berichtet, findet sich im RF keine Spur. In den lateinischen Parallelfabeln fehlt ein solcher Bericht gleichfalls. In verwandten Bearbeitungen finden sich des öfteren knappere oder breitere Episoden, auf welche Weise der Rabe zu dem Käse gekommen[1]; aber diese Episoden weichen sowohl vom Rn. als auch untereinander ab und sind wohl jeweils selbständige Erfindung des betreffenden Dichters. Da der RF zu den älteren Darstellungen stimmt, ist es wahrscheinlich, dafs die Episode im Rn. Zusatz eines Überarbeiters ist. Dazu kommen einzelne Übereinstimmungen dieser Episode mit der Hahnfabel, auf welche Martin hinweist[2]: das liefse noch auf (spätere) Beeinflussung durch diese Fabel schliefsen. — Ganz besonders mufs im RF der abweichende Schlufs und die Verknüpfung mit einem Jagdabenteuer auffallen. Hierdurch bekommt die Erzählung eine völlig andere Färbung: der Bösewicht wird für seinen Verrat bestraft, während er im Rn. die Frucht desselben geniefst. Man mufs dem Gl. eine grofse Selbständigkeit gegenüber seiner Vorlage zuerkennen, wenn man diese Abweichung auf seine Rechnung setzen will. Dabei ist die Verbindung mit der Jagdepisode so eng, dafs man sie ungern dem Gl. zuschreibt, wenn man bedenkt, wie wenig Mühe er sich giebt, z. B. die erste Erzählung mit der zweiten oder diese mit der dritten zu verknüpfen. Dafs zudem die Jagdscene im gegenwärtigen Rn. keine Entsprechung findet, soll unten (s. No. IV) auseinandergesetzt werden. Vielleicht wurde die Jagdscene hier unterdrückt, nachdem das in der franz. Branche vorausgehende Meiseabenteuer eine ähnliche durch die Verbindung mit der Friedensfabel als Abschlufs erhalten: die Einförmigkeit sollte vermieden werden. Der Dichter, welcher diese Veränderung vornahm, war dann vermutlich derselbe, welcher die Einleitung unter Benutzung der Hahnfabel hinzufügte.

5. In einem weiteren Punkte ist der Rn. unursprünglich, wo es auf den ersten Blick der RF zu sein scheint: in der Beziehung auf das Katerabenteuer V. 953 ff., 970 ff. Martin[3] erklärt die Reihenfolge Rabenabenteuer — Katerabenteuer im RF für unursprünglich, weil ersteres sich auf die Wunde beziehe, die R. im letzteren erhalte, wogegen im Rn. richtig jenes auf dieses folge; hierzu hat Lange[4] mit Recht bemerkt, dafs der Fuchs gegen den Raben nur fingiert, und diese Fiktion sei im Rn. irrtümlich auf die Verwundung in dem anderen Abenteuer bezogen worden. In

---

[1] Vgl. Marie de France 14; Lafsbergs Liedersaal 2, 109 (= Grimm S. 358); Keller, Altdeutsche Erzählungen 523).
[2] V. 878 ff. zu 427 ff., V. 952 *cheant levant* zu 70. Martin Obs. S. 33.
[3] Examen critique S. 14. — Obs. S. 110.
[4] Progr. Neumark 1887 S. 14.

der That ist die List des Fuchses im RF ihrer Art nach keine andere als etwa die, welche er im Bachenabenteuer (RF 449 ff., Rn. V 61 ff.) gegen den Bauern oder beim Fischdiebstahl (Rn. III 1 ff.) gegen die Fischhändler anwendet, und setzt eine wirkliche Verwundung ebensowenig voraus, als etwa das letztgenannte Abenteuer ein wirkliches Totsein. Die Erwähnung der Wunde kann auch gar nicht erst durch das Katerabenteuer hereingekommen sein, da sie ein wesentliches, unentbehrliches Moment unserer Erzählung bildet; und im RF läfst jedenfalls nicht das Mindeste darauf schliefsen, dafs ursprünglich die wirkliche Wunde des folgenden Abenteuers gemeint sei. Hingegen im Rn. liegt die Beziehung thatsächlich vor. Dafs sie aber auch hier unursprünglich ist, zeigt nicht nur der Umstand, dafs weder vor noch nach den Angriff auf den Raben von der Wunde die Rede ist oder deren Wirkung sich geltend macht, sondern auch deutlich die Worte des Raben V. 1011 f.: *Je fis que fous que vous creoie Puisque escacier vos veoie*; auch V. 177: *Tiecelins cuide que voir die* weist auf diese ältere Form zurück.[1]

6. Resultat: Die Vorlage des Gl. entbehrte die Einleitung sowie die Beziehung auf das Katerabenteuer; der Schlufs wurde später von dem Dichter der Einleitung umgearbeitet.

IV. Jagdabenteuer.

RF 285—312: Im Begriff den gewonnenen Käse zu verzehren, wird R. von Jäger und Hunden aufgescheucht. Der erzürnte Rabe weist diese auf Rs. Fährte; der Fuchs ist in grofser Gefahr. Er duckt sich unter einen umgefallenen Baumstamm; die Jagd geht über ihn hinweg.

Hierzu vergleicht Jonckbloet Br. 6, 1863 ff. (= II 600—664) und Br. 6, 2443 ff. (= XV 299—364).

II 600—664: Während R. sich noch mit der Meise unterhält, kommen die Jäger. Er flieht und stöfst auf einen Eremiten, der zwei Hunde an der Leine führt. Er überzeugt diesen, dafs es unrecht wäre, ihn in solcher Gefahr aufzuhalten. Der fromme Mann befiehlt ihn in Gottes Schutz; R. flieht weiter. Als er über einen grofsen Graben setzt, lassen die Hunde von seiner Verfolgung ab, da sie sich nicht mehr auskennen. R. ist nun in Sicherheit; er droht seinen Feinden.

XV 299—364: R. hat geschworen, den Kater Tibert, der ihm eine Wurst entwendet hat und damit auf einen Baum geflüchtet ist, 7 Jahre lang zu belagern. Als er aber Hundegebell hört, wendet er sich zur Flucht, trotzdem ihn Tibert an seinen Eid mahnt. Die Hunde verfolgen ihn. Aber

---

[1] Man könnte noch an RF 278 f. Anstofs nehmen: *R. balde üf spranc, Geliche als er nibt were wunt.* Doch braucht dies kaum etwas anderes zu bedeuten als das im Roman so häufige *con cil, come cil* und ist vielleicht nichts als die Übersetzung eines solchen, etwa: *Lors saut Renars sus en ses piez Come cil qui n'estoit blecies.*

R. kennt das Land genau und entkommt ohne Schaden. Er schwört Tibert Rache.

Man sieht, die beiden Episoden haben mit dem RF nicht viel mehr gemein, als dafs es Jagdabenteuer sind: R. wird verfolgt und entkommt, wie zu erwarten, schliefslich mit heiler Haut. Besonders die zweite Parallele entbehrt jeden charakteristischen Zug bei der Verfolgung. Die erste Parallele ist dem RF wenigstens insofern ähnlicher, als an einer bestimmten Stelle die Rettung des Fuchses sich vollzieht; aber schlagend ist die Übereinstimmung auch nicht.

Es giebt indes im Rn. noch mehr Episoden der Art. Die Verfolgung nach dem Katerabenteuer Br. II 821—831 (6, 2083—93) ist allerdings wie XV 299 ff. zu wenig charakteristisch. Aber Br. XVI 639 ff. (11, 5493 ff.) zeigt insofern eine nähere Übereinstimmung, als hier R. sich verbirgt und die Jagd an sich vorbeigehen läfst.[1] Noch näher steht vielleicht Br. IX 440 ff. (25, 15756 ff.), wo R. sich in eine hohle Eiche versteckt[2]; wenn man überhaupt eine Parallele haben will, scheint mir diese am meisten Anspruch auf Beachtung zu haben. Natürlich ist eine direkte Benutzung ausgeschlossen; aber nach unseren bisherigen Resultaten ist ja die Möglichkeit einer gemeinsamen Quelle gegeben.

Resultat: Die Quelle des Abenteuers läfst sich im Rn. nicht direkt nachweisen, da in der Überarbeitung des Rabenabenteuers die Verfolgung überhaupt beseitigt ist; möglich, dafs das Original unseres Abenteuers von dem Dichter der IX. (25.) Branche, vielleicht auch — direkt oder indirekt — von Pierre von St. Cloud benutzt wurde.

V. Fuchs und Kater.[3]

1. Über die Herkunft der Fabel läfst sich nichts sagen. Benfeys Parallelen aus indischen Fabelsammlungen verwirft Martin.[4] In der That dürfte blofse Übereinstimmung der Grundidee 'wer andern eine Grube gräbt, fällt selbst hinein' kaum genügen, um eine nähere Beziehung erkennen zu lassen. Von den mündlichen Varianten zeigt das slavische Märchen 'Kater und Fuchs' (Kraufs II, No. 39) entfernte Ähnlichkeit: der Fuchs gerät in die Falle, der

---

[1] *Dedens un terrain s'est repost Tant que li chien s'en sont outré.*
[2] *El crues d'un chainne se repost* (Hs. N: *Desouz un chainne s. r.*) *Tant que li chien soient passé Qui molt l'avoient ja lassé.* Vgl. dazu RF 308 ff.: *Er sihet, wâ ein rone lit. Darunter tet er einen wanc, Manec hunt dar über spranc.* Br. IX und XVI stehen hier in ersichtlicher Beziehung zu einander.
[3] Heinrich sagt zwar V. 313 *diu katze* und 314 *sie*. Das ist indes wohl nur ein kleiner Lapsus: er setzte für das franz. *li chat* den deutschen Gattungsnamen *diu katze*. Aber auch er verstand darunter den Kater, wie die Beibehaltung des männlichen Namens Diepreht und der weitere Gebrauch des männlichen Pronomens zeigt.
[4] Pantschatantra I 184 f. — Martin, Obs. S. 33.

Kater rät ihm, sich tot zu stellen; so entkommt er. Der Dichter wird also vermutlich aus mündlicher Überlieferung geschöpft oder seinen Stoff frei erfunden haben.

Auch in den Tierepen erscheint die Fabel nur im Rn. und RF. Eine ausgeführte Erzählung bietet Br. II 665—842 (6, 1929—2102); Anspielungen Br. V^a 756—58 (19, 8734—36) und XXIII 509 f., 535—42. Dafs bei den zahlreichen Beichten des Fuchses und Anklagen gegen ihn das Abenteuer nicht öfter erwähnt wird, findet seinen Grund wohl darin, dafs der Fuchs hier gar nicht zur Ausführung des Betruges gelangt, vielmehr selbst der Betrogene ist. In diesem Sinne geschieht die Erwähnung in Br. XXIII; nur Br. V^a verwendet das Abenteuer als Anklage gegen den Fuchs. Vgl. noch XV 10 f. (6, 2112), und II 1148 (1, 668).

2. Inhaltsübersicht.

R. erblickt den Kater Tibert, wie er sich mit Sprüngen belustigt. Bei einem Sprunge bemerkt T. den Fuchs und begrüfst ihn freundlich.[1] R. erwidert die Begrüfsung nicht, er droht T. (665—85).	R. begegnet Dieprecht und umarmt ihn. Er begrüfst seinen Neffen freundlich[1] und freut sich sehr ihn zu sehen (313—17).
T. ist hierüber sehr betrübt (681—85). R. hat so schlechte Laune, weil er den ganzen Tag gefastet hat (686—89). Doch T. fühlt sich sicher im Vertrauen auf seine Zähne und Nägel (690—95). Nun ändert R. sein Benehmen: er wirbt T. als Bundesgenossen gegen Isengrin (696—708). T. ist sehr erfreut über den Antrag; auch er hat mit Isengrin noch ein Hühnchen zu rupfen (709—18). Aber trotz der eben geschlossenen Freundschaft hat R. Schlimmes im Sinn (719—23).	
Auf engem Weg erblickt er eine Falle. Er selbst meidet sie; aber dem Kater möchte er einen Streich spielen (724—32).	(vgl. 325—30).
Er rühmt Ts. 'schnelles Pferd' und möchte seine Schnelligkeit sehen (733—43).	Er hat viel von Ds. Schnelligkeit gehört, die möchte er gern sehen (818—20).
	D. ist gern dazu bereit; aber R. will ihn nur in eine Falle bringen (821—30).

---

[1] *'Sire' fait il* (i. e. Tibert) *'bien vegnes vos'* — *Er* (i. e. Reinhart) sprach *'willekome, neve, tûsent stunt...'*

T. läuft; als er abermals an die Falle kommt, merkt er die List und weicht zurück (744—51).

R. tadelt Ts. schlechtes Pferd, es gehe schief; T. soll nochmals laufen und sein Pferd gerade führen (752—60).

T. läuft von Neuem (761 f.).

Er springt über die Falle hinweg (763 f.).

D. kennt die Falle wohl; er läuft und springt darüber hinweg (331—35).

R. sieht sich in seiner Hoffnung getäuscht und sinnt auf neue List (765—70).

Er tadelt von Neuem Ts. Pferd (771—74).

R. lobt seine Schnelligkeit; er selbst will ihm nun noch höhere Sprünge beibringen (336—44).

T. entschuldigt sich und wiederholt den Lauf (775—78).

D. kann selbst hohe Sprünge; R. soll nur mitkommen (345—47).

Währenddem erscheinen zwei Hunde (779 f.).

R. und T. erschrecken und fliehen den Weg entlang (781—86).

Sie wollen sich einander betrügen; D. läuft voran (348—50).

Als sie an die Falle kommen, will R. ausweichen; aber T. stöfst ihn von hinten mit dem linken Arm, sodafs der Fuchs mit dem rechten Fufs in die Falle gerät (787—90).

D. springt über die Falle weg und bleibt dahinter stehen; der Fuchs stöfst sich daher an ihn und kommt mit dem Fufs in die Falle (351—55).

Nun sitzt R. in der Falle fest, durch Ts. Schuld; das ist schlimme Kameradschaft (791—800).

T. verspottet R. und geht ab (801—8).

D. befiehlt ihn Lucifer und geht ab (356—58).

R. ist schlimm dran; denn die Hunde halten ihn in der Falle (809 f.).

R. bleibt in Todesangst in der Falle zurück (359—361).[1]

Als er den Weidmann kommen sieht, hängt er den Kopf auf die Falle; der Bauer berechnet bereits den Erlös für den schönen Fuchspelz (370—72).

Der Bauer kommt näher und hebt die Axt (811 f.).[2]

Er holt zum Schlage aus (370—72).[2]

---

[1] *Er wânde den grimmigen tôt Vil gewisslîchen hân* — vgl. dazu Hss. CHMn, nach V. 812: *Peor ot Renart de morir.*

[2] *Leva sa hace — Die aks er ûf heben began.* Vgl. auch *Und sluoc swaz er mohte ersiehen* zu 812 Var. (CHMn) *Son coup rua de grant air.*

Jetzt wäre R. verloren gewesen, wenn der Schlag nicht ausgeglitten wäre und die Falle zerbrochen hätte (813—15).¹
R. zieht seinen Fufs heraus und flieht (815—23).
Der betrogene Bauer schreit (524 f.).
Die Hunde verfolgen R., werden aber bald müde (526—31). Der Fuchs hat grofse Schmerzen; die Erinnerung an die ausgestandene Gefahr macht ihm Furcht. Aus einem Unglück kommt er in das andere (732—42).

R. weicht geschickt mit dem Kopfe aus, sodafs der Schlag die Falle trifft (373—75).¹
R. flieht schleunigst davon (376—81).
Der Bauer hat das Nachsehen (382—84).

3. Der Rn. bringt eine Reihe kleiner Episoden hinzu (675 ff., 696 ff., 779 ff., 826 fi.); ferner Erweiterung der Handlung (749 ff., 775 ff.); und in den äufserlich sich entsprechenden Partien im einzelnen mehr Abweichungen als Übereinstimmungen. Von den ersten schwebt die üble Begrüfsung seitens des Fuchses völlig in der Luft; man sieht nicht ein, wozu sie überhaupt da ist, besonders da das Motiv sogleich wieder aufgegeben und ein neues eingeführt wird. Die Anwerbung zur Bundesgenossenschaft gegen Isengrin steht gleichfalls ohne innere Beziehung zur Handlung. Sie scheint sich auf den Prolog der Br. II zu beziehen, der den Beginn des Krieges zwischen Fuchs und Wolf zu erzählen verspricht; aber die Beziehung ist höchst ungeschickt, da der wirkliche Beginn der Feindschaft erst später (II 1035 ff.) folgt. Die Episode pafst somit weder in den Rahmen unserer Erzählung noch in den der II. Branche. Was Tibert über seine Beziehungen zu Is. sagt, ist sonst nirgends bekannt.

Im weiteren Verlaufe der Handlung scheint der RF einfacher und natürlicher zu sein: Da Diepreht auf Rs. List nicht hereingefallen ist, will es dieser jetzt anders anfangen und selbst mit hin zur Falle, um D. hineinzubringen; dabei passiert ihm, was er jenem zugedacht. Die Entwickelung erfolgt also mehr von innen heraus. Im Rn. wird sie durch einen blofsen Zufall herbeigeführt: zwei Hunde erscheinen und unterbrechen die unermüdlich fortgesetzte Wiederholung von List und Gegenlist. Ein blofser Zufall ist es auch im Rn., dafs der Hieb des Bauern ausgleitet; das scheint nur eine Entstellung der Version des RF, wo der Fuchs mit List den Schlag daneben leitet.

4. Für mancherlei der Art hätte man eine genügende Erklärung, wenn man annehmen will, dafs die angeknüpfte Jagdepisode unursprünglich ist. Und dies ist in der That sehr

---

¹ *Mais li cous est jus avalez Sor le braion qu'il a fendu — Der gebûr sluoc, das diu valle brach.*

sehr wahrscheinlich. Vergleichen wir einmal die bisher besprochenen Abenteuer, welche wenigstens in einer der beiden Versionen Verbindung mit einer Jagdgeschichte zeigen, so ergiebt sich das merkwürdige Bild:

Rn. 1. Meisenabenteuer+Jagd 2. Rabenab. — 3. Katerab.+
RF   — „   „ + „ —.

Die sozusagen methodische Willkür des deutschen Übersetzers wäre gewifs sehr auffällig. Aber schon bei den beiden erstgenannten Abenteuern hat sich der RF als ursprünglicher herausgestellt. Vollends in unserem Abenteuer ist das Auftreten der Hunde völlig unmotiviert; wie überflüssig sie sind, zeigt V. 809 f. *Or est Renars en male trape, Car li chen le tienent en frape*: die Falle hält ihn fest, nicht die Hunde! Auch ist es unnatürlich, dafs der fufslahme Fuchs noch so tapfer laufen kann, um die Hunde ermüden zu können; auch dies weist auf Unursprünglichkeit des Schlusses. Das Auftreten der Hunde konnte natürlich nicht ohne Einflufs auf den Verlauf der Handlung bleiben: so erklärt sich die abweichende Art, wie R. in die Falle kommt, denn natürlich konnte Tibert nun nicht mehr hinter der Falle stehen bleiben, wo ihm die Hunde auf den Fersen waren. Ferner wurde es hierdurch möglich, den Kater den Lauf mehrfach wiederholen zu lassen, weil der Fortschritt der Handlung jetzt von aufsen gebracht wurde.

5. Einzelnes scheint auf jüngere Entwickelung der Tierdichtung hinzuweisen. Tibert '*isnaus cheval*' ist natürlich mit Rothe[1] bildlich zu verstehen; aber das Bild ist mit einer solchen Beharrlichkeit durchgeführt, dafs man geneigt sein möchte, es dem Einflusse der späteren Branchen zuzuschreiben, wo die Tiere wie Menschen zu Pferde erscheinen. An einer anderen Stelle (V. 789) spricht der franz. Text von Tiberts linken Arm: auch dies ist wohl als eine Neuerung anzusehen, umsomehr als die Hss. B und C die Lesart *del pie senestre* bieten.

6. Resultat: **Ein absolut zwingender Beweis für eine Überarbeitung des franz. Gedichts läfst sich nicht führen; aber eine Reihe von Momenten geringerer Beweiskraft vereinigt sich, um die Annahme einer späteren Überarbeitung und somit einer einfacheren und kürzeren Vorlage des Gl. zur Wahrscheinlichkeit zu machen.**

Bemerkung zum I.—V. Abenteuer.

Die bisher besprochenen Abenteuer erscheinen auch im Rn. z. T. in derselben Reihenfolge; es ist zu untersuchen, wie weit die Ordnung der einzelnen Abenteuer in des Gl. Vorlage vorgebildet war und ob dieselbe ein gröfseres Ganze, eine Branche bildeten.

Innere Beweismomente fehlen uns zur Feststellung des Resultats: die Erzählungen sind sowohl im Rn. als im RF rein äufserlich

---

[1] Rothe, Zu Méon 6.

durch die blofse Aufeinanderfolge verbunden, mit Ausnahme von No. III und IV des RF, die zusammen dem éinen Abenteuer des Rn. entsprechen und für diese Betrachtung als Einheit angesehen können; die einzig wirklich vorhandene Beziehung (zwischen Kater- und Rabenabenteuer) im Rn. hat sich als unursprünglich herausgestellt. Somit bleibt nur der Weg übrig, die Reihenfolge im RF mit derjenigen in den Renarthss. zu vergleichen; dabei ergiebt sich folgendes Bild:

RF: Hahn+Meise+Rabe   +Kater.
Rn.: Hs. A   Hahn+Meise+Kater   +Rabe.
      DEFGH
      IKLNO   Hahn+Meise+Kater+Br. XV+Rabe.
      B   Hahn+Meise+Kater+Br. XV.. Rabe.
      CM (n)   Hahn   +Kater+Br. XV 1 ff... XV 365 ff... Rabe.
                                                                               . Meise.

Die Hss. des Rn. bieten also die vier Stücke gleichfalls in einer gewissen Vereinigung dar, die in allen Hss. aufser in A durch die Branche XV, in B und der Hss.-Klasse γ noch durch andere fremde Branchen unterbrochen wird. Ob Br. XV bereits zur Zeit des Glichezâre existierte, können wir nicht wissen, jedenfalls hat er sie nicht benutzt und demnach vermutlich auch nicht gekannt. Aber mit Sicherheit weist die Überlieferung darauf hin, dafs die vier Abenteuer bereits im Archetypus eine Einheit gebildet und, da auch der RF die vier vereinigt bietet, somit auch in der Vorlage des RF. So bleibt nur noch die Reihenfolge zu bestimmen.

Die Klasse α (Hs. A Hauptvertreter) und β (Hs. B Hauptvertreter) zeigen beide die Folge Hahn — Meise, nur Klase γ weicht ab; die Übereinstimmung mit dem RF lehrt, dafs die erstere Folge die ursprüngliche ist und auch der Vorlage das RF zukommt. Hinsichtlich der beiden letzten Abenteuer stimmen alle Hss. mit Kater — Rabe gegen Rabe — Kater des RF. Bedenken wir nun, dafs für den deutschen Übersetzer kein ersichtlicher Grund vorlag, die Reihenfolge zu ändern, sowie dafs andererseits der Rn. in der Beziehung der fingierten Wunde auf das Katerabenteuer eine Neuerung bietet, der möglicherweise die abweichende Reihenfolge ihren Ursprung verdankt, so wird es wahrscheinlich, dafs der Gl. eine Branche in der Folge: Hahn+Meise+Rabe+Kater vor sich hatte.

VITA.

Natus sum Carolus Oscarus Rudolfus Voretzsch die XVII. m. Apr. a. MDCCCLXVII in oppido Altenburg, patre Bernhardo, matre Selma de gente Bechstein. Fidei addictus sum evangelicae. Primis literarum elementis imbutus Altenburgi gymnasium Fridericianum adii, ubi per novem annos versatus sum. Examine anno MDCCCLXXXVI superato universitates Tubingensem, Friburgensem, Halensem frequentans studiis theologicis, theodiscis, anglicis, francogallicis, historicis operam dedi. Scholas audivi illustrissimorum virorum Tubingensium: Kautzsch, Schuler, Sievers, Strauch; Friburgensium: Holtzmann, Kraus, Levy, Merkel, Münsterberg, Neumann, Paul, Schröer, Thurneysen, Wallaschek, Weissenfels; Halensium: Bremer, Burdach, Droysen, Benno Erdmann, Haym, Keil, Kirchhoff, Lindner, Schum, Sievers, Suchier, Ule, Wiese. Seminariis horum interfui virorum doctissimorum: Burdach, Droysen, Lindner, Neumann, Paul, Sievers, Suchier. Quibus viris omnibus de me optime meritis, imprimis Suchier et Sievers, gratiam quam maximam habeo.

THESEN.

1.
Pierre von St. Cloud hat keine der vorhandenen Renartbranchen verfasst. Dagegen ist er als Verfasser älterer verlorener oder in der ursprünglichen Gestalt nicht erhaltener Branchen anzusehen.

2.
Die französische Tierdichtung hat sich nicht aus der gelehrten lateinischen herausentwickelt. In ihren Anfängen beruht sie im wesentlichen auf volkstümlicher Grundlage und ist selbständig und eigenartig.

3.
Ein Einfluss der jüdischen Tierfabel auf die abendländische Tierdichtung lässt sich nicht nachweisen.

4.
Von den Fabeln der Marie de France (Erweiterter Romulus) gehen die Fabeln 49 (Mondkäse), 52 (Fuchs und Taube), 60 (Fuchs und Bärin) auf mündliche Ueberlieferung zurück.

5.
In Goethes West-östlichem Divan stammen von den undatierten Gedichten des Wiesbadener Registers die Gedichte: „Ja, in der Schenke" (Goethes Werke, Weim. Ausg. Divan S. 201), „Trunken müssen wir alle sein" (S. 204), „Hab' ich euch denn je geraten" (S. 105), „Geheimstes" (S. 63.), „Lied und Gebilde" (S. 22) aus dem Jahre 1814 und ergänzen somit die frühere Sammlung des Divan (vgl. dazu Weim. Ausg. Divan S. 337 f.).

Siegende Unschuld,
oder
Jakob
Der Jüngste unter den sieben Machabäischen Helden
über die Liebkosungen und Grausamkeiten

Der Abgötterey Triumphirend,

Vorgestellt von der zweyten Schul zu Mannheim,

In dem gewöhnlichen Epicksaal der P. P. d. G. J. Im Jahr Christi 1769. den 10. May.

Inhalt.

Die Wuth des Königs Antiochus richtete das erbärmlichste Blutbad mit sieben Machabäischen Brüdern samt ihrer Mutter an. Sechs von diesen Helden waren schon wegen ihrer Standhaftigkeit für das wahre Gesetz ermordet; und der jüngste mit seiner Mutter stunde schon bereit sein Blut mit dem Blut der andern zu mischen. Da erröthete der König vor Scham, so oft überwunden zu werden; und er hielte für unerträglich, auch dem Kleinsten den Siegespalm zu überlassen. Er botte aller seiner Kunst zu schmeicheln auf. Aber umsonst. Der kleine Held stunde unbeweglich; und die Mutter, durch welche er zu siegen hoffete, stärkte ihren Sohn desto mehr. Worauf sie den grausamsten Tod, den jemal ein Tyrann hat ersinnen können, für das Gesetz Gottes heldenmüthigst überstanden.
2. Buch der Machabäer, am 7. Kap.

Per=

Personen.

Jakob, der Machabäische Held, **Peter Wolfter,** von Mannheim.

Judith, die Mutter des Jakobs, **Joseph Kobel,** von Mannh.

Antiochus, König in Syrien, **Johann von Recum,** von Grünstadt.

Antiochus, des Königs älterer Sohn, ein abgesagter Feind der Juden, **Franz Würdwein,** von Amorbach.

Philadelph, des Königs jüngerer Sohn, ein inniglicher Freund des Jakobs, **Franz Xaver Haußmann,** von Mannheim.

Abimelech, erster Minister, zuvor ein Jud, **Ferdinand Kramer,** von Mannheim.

Joseph, ein vornehmer Knab aus Palästina, **Johann Baptist Lucas,** von Mannheim.

Lisander, höchster Götzenpriester, **Joseph Keßler,** von Mannh.

Hofherren.
- **Kapsazes, Chrysostomus Tarusello,** von Mannheim.
- **Rolander, Johann Zuckmayer,** von Edesheim.
- **Alziades, Paul Lay,** von Mannheim.
- **Fabius, Anton Schleicher,** von Mannheim.
- **Roburgus, Karl Rudolph,** von Mannheim.
- **Alandrus, Sebastian Kraus,** von Wolfstein.
- **Abiron,** ein abtrinniger Jud, **Balthser Bens,** von Mannheim.

Götzenpfaffen.
- **Metellus, Adam Link,** von Schipbach.
- **Vitellius, Michel Müller,** von Hettingen.

Erster

Erster Aufzug.

Erster Auftritt.

Philadelph, von dem Richtplatz traurig zuruckkehrend.

Ach Vater!... Oder wie? Kann ich von solcher Brut,
Von einem Tiger seyn?... Nein! Dieses edle Blut,
So mich beseelt, hast du Tyrann! mir nicht gegeben...
Ich sterbe!... Ja!... so bin ich dir nicht mehr das Leben
Zu danken schuldig... Doch! Ach Vater!... Welche Lust
Schöpft aus so vieler Tod stets deine Drachenbrust?
Das Feld mit Blut getränkt, die Städt mit Mord gefüllet,
Sag: haben die noch nicht in dir den Zorn gestillet?...
Die Brüder, welche du itzt deiner Rach geweiht,
Was war ihr Sünd? Nicht wahr? Bloß deine Grausamkeit?...

Ach Götter! könnt ihr sehn, wie seine Löwenaugen
So grausam scherzen, da die sechs in Flammen rauchen,
Da schon den siebenden sein durstig Herze greift,
Und vor des Henkers Hand ins Feur zum Tode schleift?
Ich konnt nicht länger mehr vor bittern Zähren schauen,
Wie sich in ihrem Blut die mörderische Klauen
Unmenschlich badeten... Ich flieh... Ich weine nur...
Allein für Fremdling?... Ja.. Ich liebe sie... Natur
Und Tugend zwingen mich... Die Wahrheit, welche wohnet
Auf ihren Lippen, und die Unschuld, welche thronet
Auf ihrer Stirn, die hat gewonnen mein Gemüth.
In diesem Volk wie oft hab ich den Unterschied
Von unserem betracht?... O reine Unschuldszüge!
Ihr sagtet von der Stirn, was ihre Zung verschwiege.
Der Jüngste unter euch, ihr Brüder! dieser war
Die Seele meiner Seel, den liebte ich so gar,
Das ich itzt mit ihm stirb... Ich eile ins Verderben...
Sein Asche sey mein Grab... Ohn mich kann er nicht sterben.

Zweyter Auftritt.

Jakob, Antiochus der Sohn, Philad. Rapsates, Alandrus.

Jakob.
O Prinz!

Philad.
Ach Himmel!.. Wie?.. Bin ich im Traume?

Antioch.
Nein:
Du siehst ihn, Bruder! selbst. Er ist nun wieder dein.
Der milde Vater hat ihn deiner Bitt geschenket.

Philad.
Vom Herzen hat sich nun ein Zentnerstein gelenket!
Komm Kind! umherze mich! fang meine Seele auf
In deine Brust.

Jakob.
(1) Ach Freund! wenn meinen Lebenslauf
Das blutig Schwert nicht hemmt: wenn meine Mutter lebet,
Wenn über uns der Zorn des Königs nicht mehr schwebet;
So sey es dir nach Gott, o theurer Prinz! gedankt.

Philad.
Ach! so erleb ich, das die Unschuld endlich prangt
Mit Lorbeer, welche sie der Wuthe selbst entrissen.

Rapsates.
Der König, förchte ich, hat nur den Zorn verbissen,
Auf eine Zeit.

Antiochus.
Warum?

Roburg.
Ich bin ohn alle Forcht:
Ein Lächeln, daß er nicht aus falscher Brust geborgt,
Bekräftigte sein Wort. Ich sah, wie ihn der Blicke
Der Unschuld traf, und wie das Felsenherz zurücke

(1) Auf

(1) Zum Philad.

(1) Auf deine Seufzer gieng. Der Mutter hat er fast
Ein Krone aufgesetzt: sie trat in den Palast
An seiner Seite hin. (2) Must du es nicht gestehen?

Rapsazes.
Ja, das ist wahr. Allein habt ihr sonst nichts gesehen?
Wir giengen frölich fort: der König wande sich,
Und sprach zum Priester: bey dem Zevs beschwör ich dich:
Durch Wohllust, Silber, Gold, durch Drohung gröster
        Schmerzen
Reiß diesem Knaben heut aus dem verhärten Herzen
Den Großmuthvollen Schluß, damit ich heute nicht
Erblassen muß durch das verdammte Schmähgerücht:
Ein schwaches Kind, das hat den König überwunden.

Jakob.
O Himmel! was ist das? Ach wär ich noch gebunden!
Wär ich schon aufgelößt! ich eile wieder hin:
Ich such die Palmen auf, die mir zu decken schien
Die nur vermummte Wuth ... Ich geh mein Blut zu mischen
Mit meiner Brüder Blut. (3)

Philad.
    Halt! ich stell mich dazwischen ...
Mein Kind! .. Ach! .. Liebst du mich? so schone mir, das ich
Nicht sterbe, eh du fallst ... Halt ein, ich bitte dich!

Dritter Auftritt.
Lisander, Metellus, Abimelech, Abiron, und die Vorige.

Jakob.
(4) Verräther! wie? Ihr flieht noch nicht der Sonne Stralen?
Die ausgeschämte Stirn darf noch mit Lastern pralen?
Geht nur! des Richters Zorn wird die schandvolle That,
Wird dieses Aergerniß, wird euren Hochverrath
Nach Schärfe strafen! Ach! verdammten Gottesraube!

(1) Zum Philad. (2) Zum Rapsazes. (3) Er will fortgehen

So treten eure Füß der Väter heilgen Glaube?
O Isaak! Abraham! O Jakob! sehet hier:
Sind dieses eure Söhn?... Ach diese wilde Thier!
Nein! es sind Abenteur!

Lisander.
Gemach! du irrst mein Sohne:
Sie sind die Lieblinge, das Herz, die Freud, die Krone
Des großen Königs. Ja, seit sie den dummen Brauch
Des Vaterlands verflucht, seit sie geweihten Rauch
Den Göttern heiligten, sind sie so hoch erhoben,
Das sie der Himmel selbst als Götter scheint zu loben.
Komm itzt nur her mein Kind! du wirst bald eingestehn,
Das dich der König liebt... Laßt uns zum Tempel gehn.

Vierter Auftritt.
Alziades, Fabius, und die Vorige.

Jakob.
(Er will, so scheint es, mich nun wiederum ansporen,
Dich Gott... Ach Hülf!)

Alziad.
Seht da den Jakob auserkohren,
Des Königs Herz zu seyn. Er ist in ihn entzückt.

Fabius.
(1) Der höchste Weltmonarch, der schätzet sich beglückt,
Wenn du sein Sohn willst seyn. Du sollst an seiner Seite
Beym Opfertische stehn... Seh dieses goldne Kleide.... (2)

Philadel.
(Es scheint, er giebt sich?... Ach!)

Fabius.
Seh! diese Ehrenbind
Schenkt dir Antiochus. Er sagte: dieses Kind
Sey aus dem Judenvolk für meinen Schooß erwählet:
In diesem soll es blühn: geht, dieses ihm erzehlet!

Alan.

(1) Zum Jakob. (2) Jakob nimmt das Kleid, und legt es auf einem Stuhl.

Alandrus.
Könnt ihr noch wegen dem, was ich zuvor gesagt,
Im Zweifel stehen?

Philad.
Nein: die Angst, so mich geplagt,
Hat sich in Freud verwendt. O Lebenvolle Stunde!....
(1) Ich sah dich schon im Grab... Ich war vom schwarzen Schlunde
Des Todes schon verschluckt.. Du lebst?.. Auch ich, o Freund!...
Weicht Trähnenbäche! die zuvor mein Aug geweint:
Stoßt sie ihr Freudenzähr von den erquickten Wangen!...
Du lebest?.. Und beglückt?.. Ach laß mich dich umfangen!
Du gehst zurück? Du traurst?.. Ich bitte: sag mir frey:
Ob du mein Herze lebst; ob ich des Todes sey?...
Ach! schaue doch herein, schau doch in diese Seele!
Hör! welches Mordgetöß im innersten mich quäle!...
Ach! bist du nicht bewegt?... Seh diesen herben Streit:
Die Traur bestürmt mein Brust; und auch ein große Freud
Will mir den Geist entziehn.. Du schweigst?.. Willst n.ich verdammen,
Vor Leid zu schmachten?. Ach! laß doch durch Freudenflammen
Mich lieber sterben!.. Doch!.. Ach säg: wem solle ich
Mein Athmen weihen?.. Ach! dein Tod entgeistert mich!..
Lebst du? O ===

Jakob.
Lebe Prinz!

Metellus.
Du sollst dein Pfeil abwenden
O Tod! von diesem Sproß des höchsten Weltregenten;
Und auch von diesem Kind.

Alle.
Es leb dies edle Paar!

Lisander.
Nun lern! woher dein Glück: seh! hier von dem Altar

Sind diese himmlische und königliche Gnaden
Herab geströmt.
Vitellius.
Es war dein theurer Lebensfaden
Schon längst entzweit, wenn nicht der Götter milde Gunst
Dich schützete.
Metellus.
Dein Gott, der nur ein falscher Dunst,
War nicht im Stande dich, dein Vaterland zu retten
Von eurer Feinden Schwert. Ihr schmachtet in den Ketten,
Er ist mit euch besiegt. Nun beth die Götter an!
Die dich so lieben.
Jakob.
(Ja, ja warte nur Tyrann!)
Philad.
(Ach Himmel! ich bin hin: er scheint zu widersprechen.)
Lisander.
Nun ist es Zeit, mein Sohn! dich gegen den zu rächen,
Der dich nicht rächen konnt.
Vitellius.
Verlasse ihn, weil er
Dich erst verlassen hat. Dem großen Jupiter,
Der hier auf diesem Thron dem Jud zum Schrecken sitzet,
Und tausend Donnerkeil auf seine Feinde blitzet,
Dem zünde Weirauch an!
Lisander.
Der König selbst wird sich
Hieher begeben, um zu sehen, wie du dich
Zu seinem Dienste schickst.
Vitellius.
Entschliesse dich! verehre
Den Gott der Götter! Ach! veracht die eitle Lehre
Vom Schweinenfleisch. Leb nun nach unsres Lands Gebrauch.
O wie wird sich erfreun des Königs gierig Aug,
Wenn du dem Jupiter hier wirst zu Füßen liegen!
Jakob.

Jakob.
Der König selbst? Und wenn wird er sich herverfügen?
Lisander.
Itzt gleich.
Jakob.
O! wenn er doch nur schon zugegen wär! ...
Es glühet mein Gemüth ... Ich kann nicht länger mehr
Die Flammen bergen ... O! wenn doch der König käme!
Es schaue heut die Welt, ob sich der Jakob schäme,
Was eitel ist, zu fliehn ... Ja du o großer Gott!
O Gott der Götter! dein allmächtiges Gebott,
Weit herrschender Monarch! ist tief in mir geschrieben.
Wer konnte mich, als du auf solche Weiße lieben?
Ich wäre längst dem Tod, der Hölle zugerennt,
Wenn nicht dein starker Arm das Unglück abgewendt.
Daß ich dir dien, soll heut die ganze Welt erkennen.
Antiochus.
Ach Kind! ist, was du itzt gesagt, ein Ernst zu nennen?
Jakob.
Ja, dies ist fest gesetzt ... Mein Seel wird ganz entzündt! ...
Abiron.
O starke Götterhand, die solches Herz gewinnt!
Jakob.
Wenn nur Antiochus wird mit dem Auge winken,
Werd ich vor Jupiter hier auf die Erde sinken.

Fünfter Auftritt.

Antiochus, der König mit seinem Gefolge, und die Vorige.

Lisander.
O König! ehe uns dein Daseyn hat beglückt,
War deine Gottheit hier.   Du hast von fern geschickt
In diese Felsenbrust dein siegendes Gebieten:
Es drange erstlich ein: nach einem kurzen Wüthen
Entstand ein sanfter Streit.   Ich nennte deinen Nam:

Der siegete, der hat verbannt die eitle Scham,
Die ihm der Aberglaub, und seine Mutter striche
Auf seine Stirn, die durch die Munterkeit bald gliche
Dem Silber, welches von der Sonne holdem Stral
Vergoldet Funken spritzt.

Antiochus.
Beharrst in deiner Wahl?

Jakob.
Ja.

Metellus.
König! zweifle nicht, er sagte: auf dein Winken
Wird er vor Jupiter hier auf die Erde sinken.

Antiochus, der König.
O Götter! deren Blick die Demantherzen biegt,
Wie dank ich euch?... O ihr habt diese Brust besiegt?
Geh Herold hin, und ruf die ganze Stadt zusammen:
Das gröste Opfer, sag, so je durch heilge Flammen
Dem Opfertisch geraubt, und zu des höchsten Thron
Getragen ward, das wird in einer Stunde schon
Dem Jupiter geschehn: der Machabäer weihet ... (1)
Ihr! schmücket alles aus: die Erd mit Blummen streuet:
Ziert alles königlich.

Jakob.
Halt nur O König ein!!
Ich hab nur dich erwart: itzt soll das Opfer seyn.
Und daß du länger nicht mich kannst —

Antiochus, der König.
Ich sag: verweile!
Dein Muth gefallet mir, und diese Andachtspfeile,
So du den Göttern schickst. Allein verspare sie ...
Doch! weil dein glüend Herz schon flammet, bieg die Knie:
Ergötze die, so auf dich vom Altare blicken,
Mit süßem Rauch: dann sollst du meine Seite schmücken,
Wenn auf dem Opfertisch die Speisen werden stehn,

Und

(1) Fabius geht ab.

Und dieses Wunder das gesammte Volk wird sehn.
Das Essen werd ich dir mit eigner Hand vorlegen.

Jakob
Ja, es ist doch umsonst: du kannst mich nicht bewegen,
Noch ein Minut zu ruhn. Nun schau, ob meine Red
Zu pralend, oder ob mein Muthe sey zu blöd? = =

Sechster Auftritt.
Judith kommt zu den Vorigen.

Judith.
Und was hab ich gehört? Und was muß ich ersehen?
Ach Sohn!.. Was konnte doch dein Heldenherz so drehen?
Mein Sohn!.. Ach bist du es?.. Dein Mutter steht vor dir
Du willst den Götteren = = = Ach nein! ich kann es schier
Nicht fassen ...

Jakob.
Mutter! o du kommst zu rechter Zeite ..

Judith.
Ach Sohn! erbarme dich!... (Ich stehe still?.. Ich leide
Daß er mich so vergißt?)

Antioch. der König.
Halt dieses Weib zurück!

Jakob.
Wohlan! nun ist es Zeit: nun rede ich = = =

Antioch. der Sohn.
Dein Glück
O Judith! ist gemacht: itzt nur für dieses sorge,
Daß hier dein Sohn nicht weicht, du selber auch gehorche
Dem großen König. Ach! ich bitt, o starkes Weib!
Den Jakob mahn, daß er bey seinem Schluß verbleib.

Judith.
Ach Sohn! ich bitte dich durch meine Mutterliebe,
Ach! nur noch eine Stund das teuflisch Werk verschiebe!

Antioch. der König.
Führt dieses Weib hinweg.

Jakob.

Jakob.
Nein, Mutter! bleibe hier:
Nein, König! glaube nicht, das ich durch sie verlier
Den Schluß, so diese Brust schon längstens hat gefasset. =

Judith.
Und so werd ich, o Gott! von meinem Blut gehasset!
Allein .. Ja fahre fort! du bist nicht mehr mein Blut ...

Antioch. der König.
Geschwind mit ihr hinweg! sie kommet in die Wuth ...
(1) Mein Sohn! wie reizet mich dein unbeweglich Streiten?
So fahre fort, mein Seel durch solchen Muth zu weyden. (2)

Jakob.
(3) Hör zu! .. Man führt dich fort? .. (4) So wisse nun
               Tyrann!
Ich locke Feur und Schwert, und was dein Rache kann:
Du darfst dem Henker nur mit wütgen Augen winken;
Werd ich vor Jupiter dahin erblasset sinken ...
Du zögerest? ... So hör: es ist ein einzger Gott,
Dein diene ich, und dem halt ich auch sein Gebott:
Er ist es ganz allein, der hoch im Himmel thronet,
Der auf die Laster blitzt, die Tugend aber lohnet:
Der ist mein Schöpfer, der hat mir dies muntre Blut
In meine Aderen, und diese edle Glut
In meine Brust gesetzt; so, das ich niemal bebe:
Zerknirschest du mich auch; so wisse doch: ich lebe.
Den Gott förcht, Wüterich! er hat nicht holzne Keil,
Wie euer Jupiter, der um das Gelde feil,
Ind den, wie auch sein Blitz, die Menschenhänd gemachet:
Wer ist, der solchen Gott von Herzen nicht verlachet?

Alle.
O Gotteslästerung!

Antioch.

(1) Zum Jakob. (2) Sie wird weggeführt. (3) Zu der
 Judith. (4) Zum König.

Antioch. der König.
Ihr Himmel! strafet ihn!
Feur, Donner, Schwefelbäch! bahnt Weg zur Hölle hin!
Ersterbe Bösewicht! mein Staal soll dich zerspalten!

Jakob.
Schlag zu! ich lebe nur, wenn ich so muß erkalten.

Antioch. der König.
Ersterbe!

Philadelph.
Vater! Ach! ich bitte, stecke ein!

Lisander.
Ja! denn die Rache ist, o König! viel zu klein,
Die nur von einem Tod gespitzte Degen reichet:
Er sterbe tausendmal. So oft ein Tode weichet,
Soll gleich ein anderer die Höllenmäßge Seel
Im Leibe foltern.

Antioch. der König.
Ja das ist mein Befehl.
Schleppt ihn in Kerker! geht! bereitet alle Quaalen:
Schwert, Kessel, Folterrahm, heißwallende Metallen,
Und was die Hölle je zum Peinigen erdacht...
Ich kenne mich nicht mehr.. O Schand!.. Wer hat gemacht,
Das ich hergieng?.. Warum habt ihr mich so betrogen?
Ihr sollt es büssen!

Lisander.
Ach! der Bub hat uns belogen:
Verzeihe König!

Antioch. der König.
Weich! aus meinem Angesicht
Du täuschendes Geschmeis! nein, nein, ich bleibe nicht,
Ohn mich zu rächen... Geht!

Philad.
Ach stürbe ich doch lieber!

Antioch. der König.
Geht! lasset mich allein, itzt meinem Zorne über!

Siebender Auftritt.

Antiochus der König.

Ihr Furien der Höll! die ihr im Herzen bellt,
Soll den Antiochus, den Schrecken dieser Welt,
Soll ihn ein schwaches Kind anheut zu schanden machen?...
Du Erde öfne dich! Ihr Donner sollet krachen!
Schlagt nun von meinem Haupt die zehnfach Lorberkron!...
Doch was?.. Hat nicht ein Kind schon von dem Heldenthron
Dich König, ja dich selbst! durch seinen Muth gestoßen?..
So Götter!.. Pfaffen!.. so! könnt ihr nur so liebkosen!..
Was redet itzt die Stadt?.. Das Volk?... Der hönisch Jud?
Seyd Götter! ihr so schwach?.. Nein, dies ist eure Wuth,
Die ich verdient, weil ich die durstge Opfertische
Mit eurer Feinden Blut so manchesmal erfrische!...
Grausame!.. Doch! Ach ist, ist dieses Zepter mein?..
Wo bin ich?... Hör ich auf Antiochus zu seyn?...
Weich ich aus mir?.. Ach Pein! haut Parzen! ab den Faden..
Kannst du nicht meinem Ruhm, du treues Schwerte rathen?
Soll mich ein Kind?... Mich den Antiochus?...
Nein! dies geschiehet nicht: ich schwör beym Höllenfluß!

Zweyter Aufzug.

Erster Auftritt.

Antiochus der König, Lisander.

Antiochus.

Lisander! du sollst itzt den Jakob zu mir führen:
Dort in dem Zimmer hör, wie ich ihn werde rühren
Durch zauberende Wort.

Lisander.

(1) Ihr Götter! gebet Kraft
Der eifervollen Zung.

Antioch.

Antioch.
Streut, Statlen! ein Saft
Von süssem Honigthau auf mein vergällte Lippen!
Daß sich mein Hofnung nicht an seines Herzens Klippen
Zerstößt.. Verberge nun, mein Stirn! die Wuth zum Schein!
Jtzt geh ich ... Ja ich selbst; und zwar ich ganz allein
Will ihn bereden.. Ach! so könnt ihr Götter zwingen,
Den höchsten Weltmonarch mit einem Kind zu ringen?
Doch, wenn ich nur den Sieg von einem Kind erhalt;
Den schätz ich höher, als das Reich, so ich verwalt...
Ja, ja, so werde ich die Marmelbrust noch biegen:
Nur ich, dem längst der Sieg gehorcht, nur ich kann siegen.
(1) Er kömmt: ich treibe gleich aus seiner Brust die Forcht...
Mein Sohn! komm, schaue nun, wie ich für dich besorgt:
Du sollst itzt gleich ersehn, was kann des Königs Liebe
Für einen Sohn, den er in seine Seel einschriebe. (2)

Lisander.
Alandrus! seye still: denk wohl an deine Pflicht!

Alandrus.
Gewiß!.. Das giebt ein Spaß: itzt weiß es niemand nicht,
Wo Jakob sey; und ich, ich darf kein Wörtgen sagen:
Es kostet mich, so schwört Lisander, meinen Kragen.
Ich geh, ich berge mich.. Ach! Philadelph kommt da!

Zweyter Auftritt.
Philadelph, Alandrus.

Philad.
Halt! ich befehle es! sag gleich, was itzt geschah?
Wo ist der Jakob?

Aland.
Prinz! du wirst es schon erfahren...
Ich darf nicht ‒‒

Philad.
Bleib!

Aland.

(1) Lisander führt den Jakob herbey.   (2) Sie gehen hinein;
der mitgekommene Wachtmeister bleibt zurück.

Aland.
Ich darfs nicht offenbaren.
Philad.
Er geht?.. (1) O Blick voll Tod!.. Der Kerker stehet frey?..
Ach Götter! wer sagt itzt, wohin mein Freunde sey?...
Bist du davon?.. Ach nein! denn wie kann jener fliehen,
Der nach dem Grabe sehnt, dem alles sein Bemühen
Nur nach dem Sterben gieng?.. So bist du denn dem Tod
In seinen Schlund gestürzt!.. O folternde Noth!
Die meine Seel umringt.. Hört Felsen! meine Klagen!
Ihr weint gewiß, so ihr erkennet diese Plagen!...
Mein Seele hat gelebt!.. O Herz!.. O liebes Kind!..
O Wüterich!.. Doch nein! dieß ist bloß meine Sünd!..
Könnt ich nicht meinen Kopf, mein Blut, und Leibe geben
Für dieses theure Haupt, für dieses edle Leben!...
Allein!.. Kann jener wohl ohn alle Schulde seyn,
Der euch, ihr Götter! flucht, dem weder Lieb noch Pein
Das Felsenherze bricht?. Schweig falsche Zung!.. Der Triebe
Kömmt nicht aus meiner Brust, die glimmt in wahrer Liebe
Ja, Götter! er ist rein: die Unvorsichtigkeit,
Und nicht sein Laster ists, so die Altär entweiht.
Ihr selbst müßt Zeugen seyn! könnt ihr ein Boßheit nennen,
Daß er sich niemal läßt von seiner Tugend trennen?
Er wurde so belehrt schon von der Wiege an,
Und, was der mächtge Gott, den er anbethet, kann,
Sah er schon oft genug... Sind das nicht Wunderdinge,
Das durch der Juden Gott das Fleisch auch Flammen zwinge?
Oft weicht der Tod beschämt... Allein wem klage ich?
Ach! du bist hin mein Kind!.. Wo such, wo find ich dich?..
Ach könnte ich doch noch die karge Lust genießen,
Das heiße Thränenmeer, so mir entrollt, zu gießen
Auf deine kalte Brust!. (2) Ach Kind! wo bist?. Noch hier?
Du lebst? Hör ich dein Stimm? Er ists! Er steht vor mir! (3)
O tödender Betrug!... Ach! es war nur dein Schatten!..

Drit=

(1) Er sucht den Jakob im Kerker.   (2) Heftig.   (3) Er will den Jakob umarmen.

Dritter Auftritt.
Philadelph und Abiron.
Abiron.
Prinz! ist dir schon bekannt, daß die so Wache hatten,
Mit Jakob sind entflohn?.. *Philad.* Und dieses für gewiß?
Abiron.
Kannst du im Zweifel seyn? Die Ketten, die er ließ,
Der Kerker, den du hier annoch siehst offen stehen,
Die Mutter, welche auch nicht mehr am Hof zu sehen,
Der Wachemeister selbst, so treuloß worden ist,
Sind das nicht Zeugen gnug, daß sie durch Trug und List,
Den König und sogar die Götter zu beschämen,
Den fein verdeckten Schluß, von hier die Flucht zu nehmen,
Vollführet haben?

Philadelph.
    Ach! wär, Götter! dieses wahr.
Allein, was du erzehlst; das zeigt nur gar zu klar,
Daß ihn Antiochus durch heimliche Tormenten
Erwürgt, damit er könnt von sich die Schand abwenden,
Es habe ihm ein Kind anheut den Sieg geraubt.

Abiron.
Ach nein!.. Ich gehe, ihn, und den, der ihn entschraubt
Aus seinen Ketten, noch im Fliehen zu erwischen.

Philadelph.
Halt! laß durch meine Brust den Dolch viel ehnder zischen..
Und du grausamer! du willst der Verräther gar
An deinem Volke seyn? förchst du denn kein Gefahr
Von deinem Gott?

Abiron.
    Ach schweig! nur eure Götter haben
Die Donner in der Hand: nur sie ertheilen Gaben
Dem, der ihr Ehre schützt.

Philad.
    Ich hab doch oft gehört,
Wie der den Göttern selbst, der euren Gott verehrt,

B   Zu

Zu förchten ist? .. Ist denn, was er für euch verrichtet
Zum Trotz Sennacheribs, und Pharaons erdichtet?
Abiron.
Ja.
Philadelph.
Aber wo kömmt doch dies her, das manchesmal
Sein Diener stärker sind, als alle Höllenquaal?
Sie schwimmen in dem Pech, und fühlen Göttersäfte,
Die Flammen fressen sie, und über ihre Kräfte
Siegt ihre Tapferkeit: ihr Fleisch mit Fackeln spielt:
Wenn Mark in Beinen kocht; wird selbes abgekühlt
Von heißer Herzensglut: nicht krumingebogne Eisen
Sind mächtig aus der Brust das tapfre Herz zu reißen.
Sag: kann alldorten ruhn des Lasters schwarze Wust,
Wo man den Tod selbst hält für eine süße Lust?
Abiron.
Du fragest mich zuviel .. Ich geh: ich such geschwinde = =
Philad.
Nein! hier wart; so will ich, bis ich ihn selber finde;
Dann komm ich wieder ...

Vierter Auftritt.
Abiron.
Ach! wie werde ich verwirrt! ...
Welch Donnerklappe, Prinz! .. mit giftgem Zahne kirrt
Ein gräßliches Geschick nun meinem Blick entgegen! ...
Und welcher Plagegeist will sich in mir erregen! ...
Ach! Gott, dem wahren Gott (Ach Himmel! welche Pein!)
Gott brache ich die Treu .. Die Seeligkeit war mein! ..
Die ewige! .. O mich! .. Nein, ich kann nicht mehr hoffen ..
Hier unter meinem Fuß steht schon die Hölle offen!
Ich stürze mich hinein! ... Doch nein! wie sichs gebührt,
Ich muß Abimelech, den ich zuvor verführt,
Der Höll erst opfren .. Ach! was ists, das um mich brauset,
Ich hör ein Stimm, die mir durch alle Glieder sauset:
Du

Du Bösewicht!.. Still!.. Ach!.. Es kann nicht anderst seyn:
Du must erhitzter Dolch in dreyer Brust hinein ===
Durchbohr der König selbst: dann den, den ich gelenket
Zur Sünd: werd endlich auch von meinem Blut getränket.
Heut lohne ich Tyrann! die mir erzeigte Huld,
O die verdammte Gunst! nur die ist deine Schuld!
Aus dieser meiner Seel das ewig Sterben quillet...
Schau heutger Tage! was längst meine Brust verhüllet...

Fünfter Auftritt.
Abimelech, Abiron.

Abimelech.

(1) Wo irre ich noch hin?.. Mein Seel! wen suchest doch?..
Dich selbst?.. Ach herbe Plag!.. O du verdammtes Joch,
Dem ich mich unterbog!.. Ich habe Gott verlassen!...
O Zeitpunkt voll des Tods!.. Ich renn die Wohllustsstraßen;
Und fühle Dörner, die durchstacheln meine Tritt.
Der Himmel, der auf mich schon seine Rache schütt,
Und hier in dieser Brust das zornige Gewissen,
So mich schon tausendmal hat zum Gericht gerissen,
Und wider mich in mir ein Urtheil hat gefällt,
Das mich weit grausamer, als tausend Höllen quält.
Welch Mordgetöse!.. Ach!.. Ein Rache voller Schlunde.
Der spaltet sich vor mir... Ich sink in Höllengrunde!...
Ich fliehe.. Himmel!.. Ach!.. Mein Herz verfolget sich..
Ihr Berge! fallet doch! ihr Bühl bedecket mich!...
Es wallet in der Brust das kochende Geblüte,
Und schlägt mit Donnern zu auf das erboßt Gemüthe!...
O Tod! wo bleibest du?.. Ach komm! erbarme dich!
Du raubest tausend Tod!.. O wüthge Herzensstich!
Wie tobend bohret ihr? Und noch wie träg darneben!
Ihr mordet tausendmal, und laßt mir tausend Leben,
Damit ich so viel Tod, als Stich empfinden kann!...
O feige Grausamkeit!.. (2) Ach! wer ist dieser Mann?

B 2   Bist

(1) Er sieht den Abiron nicht, der auf ihn mit dem Degen los,
    aber auch wieder zurück geht.   (2) Er erblicket den Abiron.

Bist du es?.. Geh geschwind! entweiche meinem Blicke!
Du Böhsewicht! du hast in die verdamınten Stricke
Mein Seel geschleppt!.. Zurück!.. Doch halt! seh dieses
                                                  Schwert!

Abiron.
Abimelech! so sehr ich dich sonst liebenswerth
Geschätzet hab, so sehr bist du mir nun verhasset,
Weil dein verfluchter Geist, der deine Stirne blasset,
In meinem Herzen mir ein ewge Hölle baut.
So oft Verzweifelung aus deinem Auge schaut,
So oft die Furien mein bange Brust zerhacken!...
Flieh ich? Es ist umsonst: ich fühle auf dem Nacken
Das ganze Mordgewicht der folternden Höll...
Was Raths?. Zieh von der Scheid! hier noch auf dieser Stell
Durchrenn ich deine Seel! ersterbe itzt durch diesen,
Der dich verführt; ich hab den Weg zur Höll gewiesen;
Nun soll geschwind dich auch hinführen dieser Staal!
Dann geh ich zum Tyrann in den verfluchten Saal,
Wo du Gott Israel die Untreu hast geblicket!
Es fall der König auch durch diesen Dolch ersticket!
Und dann mein Schwerte! schneid auch mir den Hals entzwey!
Wohlan! erblasse hier! (1)

Abimelech.
              Welch eine Raserey!
Verräther! Pantherthier!.. Fall; oder flieh von hinnen!

Sechster Auftritt.
Judith und die Vorige.

Judith.
Ja Gott!.. (2) Ach was ist das? Halt! seyd ihr denn von
                                                  Sinnen?
Abiron.
Ich geh! du bleibest doch! der Staal ist noch gespitzt. (3)

Abime-

(1) Sie fechten.   (2) Judith ersiehet sie, und haltet sie ein.
(4) Abiron geht ab.

Abimelech.
Geh nur! du hätteſt ſonſt, ich ſchwör, dein Blut verſpritzt..
Und ach! biſt nicht mehr da?.. Du ſollſt heiß durſtger Degen!
Kalt in die Scheide?.. Nein! du muſt ihn noch erlegen! (1)
Judith.
Halt doch!.. Welch eine Rach hat euch ſo weit gebracht?
Euch, die ein ewges Band zu einer Seel gemacht?
Abimelech.
Ach der Verwegene!.. Ich bitt, laß mich itzt gehen...
Laß mich zum wenigſten den Dolch in mir umdrehen.
Judith.
Dein Tobſucht iſt umſonſt. (2)

Siebender Auftritt.
Judith, Philadelph, Abimelech.
Philadelph.
Ich treffe dich noch an?...
O werthe Heldin! ſag: ſchreckt mich ein eitler Wahn?...
Tödt mich die Wahrheit ſelbſt?.. Dein Sohn, iſt er erblichen?
Judith.
Ich ſuch ihn ſelber auf: wo er iſt hingewichen,
Das weiß ich nicht.

Philadelph.
Und du, du weiſt es ganz gewiß.
Judith.
Wie weis ich das? ſeit dem man ſelben mir entriſ,
Konnt ich ihn nicht mehr ſehn.. Du haſt ja zugeſchauet,
Wie er den Götzen ===
Philad.
Schweig! dies Wort mein Seel zerhauet.
Judith.
Ich eil, ich ſuche ihn, ich muß ſein Hertze drehn!
Sonſt ſoll er vor ihm mich, ſein Mutter ſterben ſehn!
Doch du Abimelech! du muſt mir erſt noch ſagen,

B 3   Warum

(1) Er ſucht den Abiron, wird aber von Judith zurück gehalten.
(2) Sie entreißt ihm den Degen.

Warum du so ergrimmt?.. Du schweigst?.. Du scheinst zu
zagen?
Ja, ja, ich merke es .. Dein Stirn verrathet dich:
Ihr fühlet schon die Rach: die donnernde Flüch
Des Himmels höret ihr schon in den Ohren brüllen:
Ihr spüret nun euch selbst: ihr könnet nicht mehr stillen
Die raßlende Posaun, die eure Sünd geweckt
In der treulosen Brust, die das Gericht endeckt,
Dem ihr entgegen lauft .. Sind das nicht die Ursachen,
Die euch das Athmen selbst ganz unerträglich machen?

Philadelph.
(Welch räthselhaft Gespräch!)

Abimelech.
Ach still!.. Du willst mich noch,
Von der Verzweifelung in das ... Allein welch Joch
Ist mir noch übrig?.. Ach! stürz ich gleich in die Flammen:
So wird mirs leichter seyn!

Judith.
So willst du dich verdammen?
Ach! kehr vielmehr zurück! seh! die Barmherzigkeit ===

Abimelech.
Nein, nein! es höret schon mein banges Ingeweid
Das Urtheil, daß ich heut noch werd zur Höll geschleifet..
Laß mich itzt nur allein ...

Judith.
Nein! du wirst sonst gesteifet
In deiner Wankelmuth.

Abimelech.
Ach! wer ist wieder hier?...
Welch Abenteur steht da?.. Ich weiche weit von mir ...

Achter Auftritt.
Judith, Philadelph, Kolander.

Kolander.
Der König, Heldin! will mit dir sich gleich besprechen.

Judith.

Judith.
O Zeitung voller Trost! nun wird sein Zorn ausbrechen!
Nun nähert sich die Stund, wo ich, o Gott! dir zeig,
Wie diese Brust gestählt dem ganzen Höllenreich
Zum Troze.

Philadelph.
Freund! sag an: wo ist ihr Sohn hinkommen?

Rolander.
Ich sah ihn nicht: man sagt, er hab die Flucht genommen.

Judith.
Was sagst?.. Die Flucht?.. Ein Kind?.. Nein dieses glaube nicht!

Philadelph.
(So ist er schon im Grab!)

Judith.
Ich eile zum Gericht:
Mein Freunde! lebe wohl.

Neunter Auftritt.

Philadelph.
Ach Himmel! welcher Schrecken
Durchsauset meine Bein!.. Ich fliehe.. Bleib ich stecken?..
Wer hemmet meine Schritt?... Ich finde mich nicht mehr..
Bin ich schon fort?.. Ich glaub, er kommt itzt gar daher?..

Zehender Auftritt.
Philadelph, Alziades mit Soldaten.

Alziades.
Ach Prinz! ist er nicht hier?.. Ich soll den Jakob holen.
Er ist davon; Und ich (Metellus hats befohlen)
Ich soll ihn schaffen..

Philad.
Ach! im Grabe suche ihn!

Alziades.
Im Grabe?

Philadelph.
Ja! geh nur .. Ich eile mit dir hin,
Mit meinem sterbenden des toden Mund zu küssen.
Alziad.
Ach schweige doch vom Tod: mein Herr muſt es auch wiſſen ..
Doch! welch ein feine Liſt? .. Ja, dein geheime Freud
Umhüllt des Jakobs Flucht mit ſchwarzem Todenleid:
Die Flucht, ſo deine Lieb dem Jakob hat gezeiget ...

Philadelph.
Ich hätt es ſollen thun .. Allein .. O Menſchen ſchweiget!
Von ſeinem Tod .. Und auch von ſeinem flüchtig ſeyn ...
Sein Fliehen, oder Tod, weil er doch nicht mehr mein,
Drückt meine Augen zu.

Eilfter Auftritt.
Antiochus der Sohn, und die Vorige.
Antioch.
Das Volk iſt ſchon beyſammen:
Iſt alles zugericht? Sind Räder, Mord und Flammen,
Sind tauſend Tod bereit?

Philad.
Ach Bruder! .. Und für wen?

Antioch.
Für wen? Du frageſt noch? .. Gewißlich nicht für den,
Der ſich geweigeret vor Jupiter zu knien,
Der ſo viel Läſterwort vorhin hat ausgeſpien?
Ja, ja, die Läſterzung muß ihm itzt aus dem Mund:
Ja, ja, dein Jakob iſts, der wird noch dieſe Stund,
Wie ſeine Brüder, und noch größere Tormenten ———

Philad.
Ach Bruder! .. ſachte! .. Haſt du ihn denn ſchon in Händen?
Laß ihm die Zunge doch, eh noch ſein Haupte dein.

Antioch.
Iſt er denn nicht allhier? ...

Philad.

Philad:
                Da seh!... schau nur hinein,
Ob er im Kerker ist?
                Antioch.
                Ach Bruder! welches Rasen!...
Und du getrauest dir, den Böswicht zu entlassen?
So schämest du dich nicht, hier vor der ganzen Stadt
Heut deinen Vater, der das Volk berufen hat,
So zu beschimpfen?.. seh! das Volk in Tempel dringet,
Man will itzt gleich ersehn, wie sich in Wolken schwinget
Der Rauch, den Jakob hat gestreut auf heil'ge Glut...
Nein! man will sehn den Dampf von seinem schwarzen Blut
Hinunter in die Höll mit seiner Seele steigen!
Und du, du darfst ihm noch den sichern Wege zeigen,
Dem Feur, dem Rad, dem Tod, der Hölle zu entfliehn?
Allein du sollst es selbst.. Ich geh zum König hin,
Die Untreu werd entdeckt!.. Du selbst must es noch büßen!

Philad.
Ach Bruder! welche Wuth hat dir den Sinn entrissen?
Du gehst?.. Hör nur ein Wort!

Alziades.
                Ach Prinz! mit welchem Recht?..
Hör doch das Blute an, so um dein Herze schlägt:
Hörst du nicht Bruder! schreyn?

Antioch.
                Ja wohl: allein ich gehe:
Ich weis es schon, worinn der Bruder Pflicht bestehe...
Der Vater, und was mehr: die Götter selber sind
Durch euch beleidiget...

Zwölfter Auftritt.
Jakob, Lisander, Schergen, und die Vorige.

Philad.
                O allerliebstes Kind!
Wie ich erblicke dich?.. O himmlisches Geschicke!
                                                Jakob.

Jakob.
Ach Freunde! höret itzt, was ein erwünschtes Glücke
Mir heute widerfuhr: denkt: ich hab itzt erlangt,
Daß diese Bänd, womit ich hab zither geprangt,
Gelöset werden, daß aus dieses Kerkers Nachte
Zum Thron ich werd erhebt.

Lisander.
              Ach Prinz! ich bitt, verachte
Das kindische Geschwätz: er träumet immerfort.

Jakob.
Nein, nein, ich träume nicht. Dies ist das reizend Ort,
Wo mich der König selbst mit Palmen wird bekrönen.

Philad.
So folgest du ihm denn?... Wohlan! von Freudentönen
Erschall die ganze Stadt!

Lisander.
            Ach Prinz! der Bub betrügt:
Hört mit Erstaunen, wie in ihm die Boßheit siegt.
Nicht nur die Liebe wird, so gegen ihn geglüet,
Erlöschen auf mein Wort; ich schwör, daß ihr ausziehet
Die Menschlichkeit für ihn. Er ist kein Mitleid werth.
Der König hatte das zehnmal verdiente Schwert
Von seinem Hals gewendt. Ich führte ihn zum Throne:
Was sah, was hörte ich? Er nennet ihn den Sohne,
Den er hat auserwählt. Dann zeigt er alles, was
Er köstliches besitzt, verspricht ihm über das
Mit großen Reichthumen ins Vaterland zu lassen,
Nebst ihm sein Mutter auch. Er redet ihm dermaßen
Ein halbe Stunde zu, daß auch ein Demantstein
Dem kosenden Monarch den Weg ins Herz hinein,
Ins hart verschloßne Herz gebahnet würde haben...
Drauf nahm er bey der Hand den unverschämten Knaben,
Nicht donnernd, ach nein! mein Sohn! wie thut mir leit,
So sagte er, daß ich nicht durch mein Gütigkeit
Dich heute, wie ich es verhoft, kann glücklich machen:
Du rennst mit starrem Aug dem Unglück in den Rachen...
                                          Doch

Doch nein! .. Hier schaue! ich wag es zum letztenmal:
Schätz doch der Götter Gunst! seh! eben hier im Saal
Den mächtgen Jupiter! laß seine Milde siegen:
Mach nicht, daß er dich muß durch seine Donner biegen ..
Was ist geschehen? .. Ach! o die vermeßne That!
Er speiet in die Höh, nnd was die Höll ihm rath,
Das thuet er: er ist dem König drauf entwichen,
Er steigt die Stufen auf, und unter tausend Flüchen
Stürzt er den starken Gott ...

Antioch.
O aus dem Höllenfluß
Geschöpftes Drachenblut!

Alle.
O in dem Höllenruß
Boßhaft geschwärzte Hand!

Lisander.
Und dann .. soll ichs aussprechen?
Er trat .. Nein! er soll gleich, wie sich die Götter rächen,
Und was durch Boßheit ein erzürnter König kann,
Empfinden .. fort zur Pein, die Pluto selbst ersann.
Siehst dort für deine Bein den großen Scheiterhaufen,
Und da das Messer, so, dein häßlich Blut zu saufen,
Ganz ungedultig wart?

Philad.
(1) Halt doch! laß nur ein Wort ..

Lisander.
Ach Prinz! verzeihe mir: der König hat den Mord
Noch diese finstre Stund befohlen zu vollführen.
Ihr Henker greifet ihn!

Philad.
Ach lasset euch doch rühren!

Jakob.
Ach Freund! ich bitte dich: steh mir doch nicht im Weg,
Die schöne Kron .. (2) Wie ihr? Ihr stehet annoch träg?

Lisander.

Lisander.
Reißt ihm die Kleider ab!

Jakob.
Kommt, senget, brechet, schneidet!

Philad.
Halt Mörder! bleibt zurück!.. Hier ich bin schon entkleidet!
Kommt zapfet dieses Blut, haut diese Zunge ab!
Zerstücket meinen Leib, und hier das soll mein Grab,
(1) Nicht deines, Freunde! seyn!

Jakob.
(2) Ach Herr! laß dich doch bitten!

Alziad.
Ach Prinz! wo denkst du hin?

Philad.
Mein Seel ist schon durchschnitten,
Der Körper fühlt nichts mehr!

Antioch.
Der König will es so:
Ergreift den Schuldigen!

Jakob.
(3) O holder Prinz! wie froh
Bin ich? Ich danke dir!

Philad.
O Grausamkeit!

Antioch.
(4) Ihr gehet,
Und laßt das Volk herein, so um den Tempel stehet.
(5) Zersetzet ihr den Leib, gießt heißgesottnes Oel
Auf ihn; doch so, daß nicht gleich fliehen kann die Seel.

Dreyzehender Auftritt.
Rolander und die Vorige.

Rolander.
Es weich der blasse Tod! der Machabäer lebet!

Des

(1) Zum Jakob. (2) Zum Philadelph. (3) Zum Antioch.
(4) Zu den Soldaten, welche auf die Ankunft des Rolander
zurück bleiben. (5) Zu den Schergen.

Des Königs neue Gunst auf seinem Scheitel schwebet.
Sein Mutter ists, die ihn nun wieder hat beglückt..
Philad.
Ists möglich?.. Ists gewiß?.. Ich werde ganz entzückt!
Jakob.
O mich unseeligen! wie lang werd ich noch missen
Den süßen Palm!.. Ach! hätt die Flamm mich schon zerrissen!
Antioch.
Sein Mutter sagest du?
Rolander.
Nicht nur versprache sie,
Hier vor dem großen Gott zu biegen ihre Knie:
Ja über das hat sie dem König oft verheißen,
Des Sohnes harte Herz nach ihrem anzuweisen.
Jakob.
Betrüger! schweige!.. wie? Mein Mutter kann das thun?
Rolander.
Die dir das Leben gab, ja diese will nicht ruhn,
Biß du dem Tod entgehst.
Philad.
O Freudenfest! o Tage,
O Stund voll Glück!
Jakob.
Ach!.. Was?.. Mein Mutter?..
Rolander.
Was ich sage,
Ist ganz gewiß.. Geschwind komm her! sie wartet schon..
Sie will dich sehn, sie will gewinnen ihren Sohn.
Jakob.
Ach Mutter! kannst du es?.. Du willst die Glötze ehren?
Du willst, daß auch dein Sohn soll diese Lehr anhören?..
Ach Mutter!.. nein ich hab... Geht zu dem König hin!
Ich kenn kein Mutter, sagt! mich von dem Platz zu ziehn
Vermöget kein Befehl, als der mir Flammen zeiget,
In die ich gehen soll... Allein mein Mutter neiget

Sich

Sich vor dem erznen Gott!.. Und dieses glaube ich?..
Ach nein!.. Boßhafter! ach! warum belügst du mich?

Rolander.
Und dieses Lob hab ich verdient durch meine Treue?

Philadelph.
Ach liebstes Kind! komm fort! du hörst ja, daß sie seye
Bloß für dein Wohl besorgt.

Jakob.
        Ja, ja, ich gehe .. Ach!..
Welch schrecklich Bild steht hier?.. Er ists!.. Der Höllendrach
Will mich verschlingen .. Ich hör schon das arge Zischen
Der giftgen Schlangenzung.. Soll sie mich denn erwischen?.
Nein, nein, ich bleibe da .. Doch Mutter!.. Nein es ist
Nicht deine Stimm!.. Wenn du es aber Mutter! bist?..
Was thu ich? Ach Gott! Hülf! Seh meine Seufzer rinnen!
Itzt kommet! ich geh mit .. Sie wird mich leicht gewinnen,
Weil sie mir Gutes rath .. Doch! wäre sie verkehrt,
So frag ich nur ein Wort: was hast du mich gelehrt?..
Der Machabäer Blut willst du itzt erst zertheilen:
Zum Himmel soll ein Theil, ein Theil zur Hölle eilen?..

Dritter Aufzug.
Erster Auftritt.
Judith.
So bist du nicht allhier?.. Vielleicht in dieser Höhl?..
O ungerathner Sohn!.. Allein .. Ach meine Seel!
Glaubst du, daß gegen Gott er sich so konnt erfrechen?..
Ich sah es ja ===

Zweyter Auftritt.
Jakob, Judith.
Jakob.
    (1) Geht! ich muß sie allein besprechen.
Judith.

(1) Zu denen, die ihn begleiten.

Judith.
Mein Sohn!.. Ach liebst du mich?

Jakob.
Mit solcher Lieb, daß sie
Nicht größer werden kann .. Du fragest Mutter?.. Wie?
Du zweifelst?

Judith.
Nein, mein Sohn!.. Wirst du mich ewig lieben?

Jakob.
Ach Mutter! höre auf, mich also zu betrüben.
Zerschneide meine Brust! schau in das Herz hinein,
Ob diese Glut zu dir noch könne heißer seyn?

Judith.
Ach schweig!.. Mein Herz zerschmelzt. Ich blicke wahre Zeugen
Von deiner Flamm, die Zähr, so in das Auge steigen.
Wohlan! ich rede denn: du kannst itzt in der That
Die Lieb erweißen!

Jakob.
Ach! du gönnst mir diese Gnad?...

Judith.
Ach Sohn! was thuest du?.. Ach! ändre dein Gemüthe!
Ach! ich beschwöre dich durch jenes theur Geblüte,
So in dir fließet. Ach! denk, was ein Unglück dir
Vor deinen Augen steht?.. Du weinst?.. Ach folge mir!

Jakob.
Ach Mutter! Ist denn wahr? Nein, ich kann es nicht glauben!
Willst du mir denn mein Glück, mein Blut, mein Leben rauben?

Judith.
Heißt das dich töden, wenn man dich dem Tod entreißt?

Jakob.
Ist das beleben, wenn man wahrhaft sterben heißt?

Judith.
(1) So rede ich umsonst? Ach Sohn! Nein! Du sollst fliehen
Mein Angesicht .. Ich will die Mutter ganz ausziehen!

Jakob.

(1) Heftig.

§Jakob.§
(1) Ach Mutter!

§Judith.§
Weich!

§Jakob.§
Ach Gott!

§Judith.§
Ich bin dein Mutter nicht,
Hartnäckiger!

§Jakob.§
(2) Nein, nein! dies Herze nicht zerbricht..
Wie kann doch dieses Blut..

§Judith.§
In deinen Adern bleiben?

§Jakob.§
Wie kann ich doch mein Herz..

§Judith.§
Der Hölle unterschreiben?

§Jakob.§
Der Höll?.. Ach Mutter!

§Judith.§
Ja, der Hölle gehst du zu,
Wenn du so boßhaft bleibst..

§Jakob.§
Allein, warum sagst du
Dies heute erst?.. Hast du nicht schon von meiner Wiege
Mein Herze so gestählt?.. War jenes denn ein Lüge,
Daß nur ein einzger Gott?.. Du hast mich hart gemacht,
Du! und durch wen? Durch Gott hast es so weit gebracht,
Daß ich kein Mutter eh, als keinen Gott will haben..
Leb wohl!.. ich geh mein Herz durch meinen Tod zu laben..
Doch lasse, daß ich dir die Hand noch einmal küß,
Die mich für Gott zu stehn auch gegen sich anwies.

§Judith.§
Sohn!.. ach! was redest du?.. Hat man mich denn betrogen?
Hast du denn nicht die Knie vor Jupiter gebogen?

§Jakob.§

(1) Er wirft sich ihr zu Füssen.   (2) Er stehet auf.

Jakob.
Wie? Ich vor diesem Glotz?.. Daß du es hast gethan,
Beredete man mich. Wie? Trüget mich mein Wahn?..
O Himmel!

Judith.
Man hat dich so auch, wie mich getäuschet.

Jakob.
O Mutter! ach verzeih!.. Nein, was dein Pflichte heischet,
Das thue! strafe mich! weil diese Seele hat
Von dir geglaubet die so höllenmäßge That.

Judith.
So bist du rein, mein Sohn?

Jakob.
Wenn nicht ein Fleck geblieben
Von jenem garstgen Gott, den meine Füß zerrieben.
O! hörtest du, wie die von Gott gerührte Zung
Großmüthigst hat veracht des Königs Schmeichelung.

Judith.
Nun leb ich wiederum.. Nun sterbe ich mit Freuden..
Man sagt, du ließest dich zum Götzendienste leiten,
Du förchtest nur noch mich.. Ich hab mich angestellt,
Als wollt ich alles thun, was dem Tyrann gefällt.
Ich dachte, so werd ich Gelegenheiten finden,
Dich vom verdammten Joch der Teufeln zu entbinden..
Ach Sohn! O theurer Sohn! Mein Trost, mein einzge Lust!
Ach komm! versenke dich in diese Mutter Brust!

Jakob.
O liebe Mutter! Ach! wie süß war dies umfangen!
Nichts süßers kann ich mehr hier, als den Tod erlangen!..
Kannst du, o Mutter! schaun, wie ich im Feuer schmacht,
So komm zum König hin.. Wir rufen gleich der Wacht.

Judith.
Erinnerest dich noch, wie du mich hast gesehen
Bey deiner Brüder Tod so unbeweglich stehen?
Ja, es ist freylich wahr: die sechse, so vor mir
Im Feur erstickt, die hab ich noch einmal in dir:

Ich starb zum sechstenmal, und wenn du wirst erblaſſen,
So ſterb ich tauſendmal. Kannſt du es dennoch faſſen,
O Sohn! ſo höre mich: entſchlieſſe dich zum Tod!

Jakob.
O Mutter!.. ſüße Wort! O längſt erwünſcht Gebott!

Judith.
O würdges Kind! ach komm! laß mich noch einmal ſpüren
Dein Blut auf meiner Bruſt. Ja, ja dir muß gebühren
Vor allen anderen der Titel meines Sohns.
Ja, du erkennſt dein Blut, die Würdigkeit des Throns,
Auf welchem wiederum es wird zuſammen flieſſen,
Wenn es der kalte Tod wird aus den Adern gieſſen..
Wohlan ihr Wächter! führt uns gleich an Hofe hin!

Ein Soldat.
Wir dörfen nicht.

Judith.
So geh, und ſage, daß ich ihn,
Den Sohn mit leichter Müh auf meinen Sinn gebogen.

Der Soldat.
Dies zeig ich gleich an: ich zieh einen guten Rogen.)

Jakob.
Ach Mutter!

Judith.
Rede Sohn!

Jakob.
Ein marternde Angſt
Zerquetſchet meine Bruſt.. Der Tod, ſo du verlangſt,
Den ich heißhungrig ſuch, der träge Tod verweilet..

Judith.
Kind! voll von deinem Gott: der hat dir mitgetheilet
Die felſenmäßge Furcht.. Ja dieſes plagt mich auch:
O Blicke unſres Tods! ſeyd ihr ein falſcher Rauch?
Ach Kerker! laſſe uns dem Mord entgegen laufen..
Ach! könnten wir doch fort, Schwert, Feuer, Scheiterhaufen
Von dem Antiochus zu fodern.

Drit=

Dritter Auftrit.
Philadelph, Joseph, und die Vorige.

Philad.
Nun wohlan!
Darf ich, was deine Lieb zu deinem Sohne kann,
Dem König melden? Hat er sich dir einst ergeben?

Judith.
Ja, sag dem Wüterich: wir können nicht mehr leben!
Was zärtelt er so lang? Tobt denn die Grausamkeit
Nicht mehr in seinem Blut? Was soll der feige Streit
Mit Feinden, die er haßt?

Philadelph.
Das hat mein Herz gefühlet,
Es werde eure Glut durch das Gespräch gekühlet,
Wie wenn zween Feuerstein man an einander stößt.
Doch! sey der Löwengeist, den du ihm eingeflößt,
Auch noch so groß; so must du eine Bitt gewähren:
Willst du es thun?

Judith.
Was denn?

Philad.
Ich kann es nicht entbähren:
Ich bitt, sag: ja.

Judith.
So red!

Philad.
Ihr sollet nur zum Schein
Dem König folgen: er wird gleich zufrieden seyn.
Legt nur den Weihrauch ==

Jakob.
Schweig! kann wohl mein Herz zulassen,
Daß meine Hand begeht, was es wird ewig hassen?
Eh sterbe ich.

Philadelph.
So thu nur, Judith! dies: es ist
Schon alles zubereit: Den tugendvollen List,

Ich bitt, verachte nicht: du sollst zurücke kehren
Mit ihm ins Vaterland: niemand wird dirs verwehren:
Die Wachen sind bericht: das Schiffe steht am Port:
Itzt gehet, eilet, flieht dies unversöhnlich Ort.

Judith.
Ach Prinz! was denkst?

Philad.
Ihr müßt! (1) du sollst dies Kleid ausziehen!

Jakob.
Nein, dieses kann ich nicht.

Judith.
Was rathest? .. Ich soll fliehen? ..
Ach Prinz! zeig meinem Aug Feur, Räder, Galgen, Tod;
Sonst geh ich nicht hinweg .. Ja, wahrlich: meine Noth,
Die lindert sich, weil ich den hellen Augenblicke
Des schwarzen Tods vor mir ersehe ..

Joseph.
Nein, dein Glücke,
So du im Tode suchst, ist gar zu weit von dir:
Schon Morgen frühe wird Antiochus von hier
Sich wegbegeben: heut will er kein Wort mehr hören,
So gegen seinen Sinn ein Sache will belehren.
Ach! folge doch, ich bitt, dem wohlgemeinten Rath!

Judith.
Was sagst? Der König will = = =

Philad.
Es ist so in der That;
Und wenn das Wetter will, durchreißt er Seleuzien.

Judith.
(Was thue ich? Vielleicht durch angestelltes Fliehen
Find ich von hier an Hof zu gehn Gelegenheit.)

Jakob.
Ach Mutter! welche Straf! o gränzenloses Leid!

Judith.
(Ich gehe, daß der Tod nicht seine Pfeil aufschiebe.)

(1) Zum Jakob.

O Prinz! wie dank ich dir für deine zarte Liebe?
Ich folge deinem Rath .. Ich weich aus diesem Ort.
Jakob.
Ach Mutter zauderst du? .. Wie kann dir dieses Wort =
Judith.
Mein Sohn, geb dich zur Ruh! du must itzt mit mir weichen!
Joseph.
O mich beglückten!
Jakob.
Ach! in dem kann ich nicht zeigen,
Daß ich dein Sohne bin .. Was Gräul vor unsrem Gott?
Was Schand für unser Blut, zu fliehen vor dem Tod?
Joseph.
Ach Jakob! willst du denn der Mutter nicht gehorchen?
Jakob.
Ach liebe Mutter!
Judith.
Sohn! laß doch dein Mutter sorgen!
Du förchtest wiederum, daß dieses große Herz
Sich könnt vergessen?
Jakob.
Nein! doch wäre dir der Schmerz,
Der mich zernagt, bekannt? .. Ach Mutter! .. Ja, ich gehe.
Philad.
Ach Himmel! welche Lust ... Doch Kind! .. Ach! ich gestehe!
Du darfst unmöglich fort .. Wie? .. Ich soll nimmermehr
Den Jakob sehen? Ach! .. Wie konnt ich diese Lehr,
Wie geben diesen Rath, der mir den Tod erwählet?
Judith.
O Prinz! so führe uns, wenn dich die Flucht so quälet,
Zu dem Antiochus!
Philad.
Was? ihr wollt noch einmal
Umringen dieses Herz mit jener Höllenquaal?
Nein! .. Fliehet! .. sterbe ich gleichwohl, weil ich euch misse;

So lebt doch ihr! .. Ach Freund! empfang die letzten Küsse,
Mit ihnen meinen Geist! so leb ich tod in dir!
Jakob.
O liebenswürdger Held! was ich an dir verliehr,
Das weiß mein Herz .. Ach Prinz! so muß ich von dir scheiden!
Judith.
Mein Sohn! komm, es ist Zeit.
Philad.
      Ach! dürft ich euch begleiten!
Judith.
Ich bitte, Prinz! bleib da: du machst dich sonst verdacht.
Philad.
Ich gehe auf das Schloß: von daher ich betracht,
Wie ihr mich langsam tödt .. Ich will mein Herz nachschicken,
Mit meinen trähnenden und todesvollen Blicken.
Judith.
Ein Prinz! o Himmel! der wohl deiner würdig ist ..
Zum Dank, o Held! nehm hin ein Herz, das nie vergißt,
Was es empfangen hat .. Leb wohl! ich geh von hinnen.
Jakob.
Prinz, lebe wohl!

Vierter Auftritt.
Philadelph, Joseph.
Philad.
    Ach mich! .. Doch, wenn nur mein Beginnen
Der Himmel nicht zerstört! .. Ermuntre dich, mein Geist!
Joseph.
Bericht man aber, daß der König nicht verreißt,
So kehren sie zurück.
Philad.
     Das will ich gleich verbieten:
Soldat! geh ihnen nach: sie sollen sich wohl hüten,
Ein Augenblick zu stehn: und so sie auf dem Fluß;
So kehr man ja nicht um .. Was Angst, und was Verdruß
              Durch-

Durchschwärmt mich wiederum?.. Doch!.. Was?.. Dein
                             Jakob lebet!
Ja, ja mein Streich gerath.. Das Glück, so um dich schwebet,
Mein Joseph! krönt dich nun.. Leg an des Jakobs Kleid,
So ihm der König gab.
               Joseph.
                  O Prinz! dein Gütigkeit
Nimmt mein Gemüth ganz ein.
               Philad.
                     So stell dich, daß es scheinet,
Der Jakob seye es.   Wenn dies der König meinet,
So bist du ewiglich zu seinem Sohn erwählt.
Das alles, und noch mehr, als ich zuvor erzehlt,
Wird er dir schenken.
               Joseph.
                 Wenn der Jakob aber würde
Im Port erwischt?
               Philad.
                  Von wem? Auf mein Befehl entführte
Die Wache ihn ja selbst.
               Joseph.
                    So Götter! liebt ihr mich,
So werde ich, o Prinz! o theurer Prinz! durch dich
Zum Ehrenthron erhebt, so willst du mich beglücken!
Ja, ich will alles thun, ich werd mich also schicken,
Daß auch der König schwört, der Jakob seye da.
Ich werd bereuen, was von ihm zeither geschah.
Seh hier das harte Herz (so will ich ihn betrügen)
Mit dem geweihten Rauch auf heilger Glute liegen:
Daß es vor Bosheit sonst so hart gepanzert war,
Ist meine Mutter schuld.

Fünfter Auftritt.
Abimelech, und die Vorige.

Abimelech.
        Entweiche der Gefahr!
O Prinz! der Dolch hat schon von deinem Blut getrunken

Der König liegt ermordt. Des Thäters Raches Funken,
So strömen aus dem Aug, das einer Hölle gleicht,
Die suchen dich.

Philad.
Geschwind! ihr Wachen! eilt, durchstreicht
Die ganze Stadt.. Wer ist der frevelhafte Mörder?

Abimelech.
Abiron.

Philad.
Was?.. Der?.. Komm! wir gehn durch alle Oerter!

Abimelech.
Ich weiche nicht von hier.

Philad.
(1) Untreuer!.. Joseph! du
Sollst mit mir gehn.

Abimelech.
Ihr rennt gewiß dem Tode zu!

Sechster Auftritt.

Abimelech.
Mein Zorn findt gegen dich, Abiron! keine Schranken!..
Doch!. Ich hab deinem Staal des Königs Mord zu danken!.
Recht, Tiger! trinke itzt hier noch dein eigen Blut,
Und dort die Schwefelström, den Zunder deiner Wuth!
Bald werd ich auch bey dir im Feuermeere schwimmen!
Die Laster rufen schon der Rach.. Ich seh den Grimmen
Des Richters gegen den verdammten Nacken sich
In unbegränzter Wuth entschütten!.. Blicke ich
Nicht schon um mich herum die schwarz entflammten Lüfte?
Gorgonen sind in mir.. Und da die feurge Krüfte,
Wo nur der Tode lebt.. Der Hydern giftge Schweif,
Ein stachlicht, und mit Feur dicht eingeflochtner Reif,
Umlagert meine Brust... Wo soll ich mich verbergen
Vor dem Gewissen?.. Wo?.. Ach! seine wache Schergen
Stehn

(1) Zum Abimelech.

Stehn immer um mich her .. Ich habe meinem Gott
Gesündiget! und der Gedank stürmt eine Rott
Von Furien auf mich, die mein Gedärm zerhauen!..
Wo ich mich nur hinwend: so muß ich vor mir schauen
Ein unnennbar Gespenst, das meiner Sünde gleicht...
Bin ich es selbst?.. Ja!.. Ach! ihr düstern Schatten weicht!..
Ich geh .. Wohin?.. Wer ist zu trösten mich im Stände?
Mich, unter dessen Fuß schon flieht der Höllenrande?..
Wer mich erblickt, der liest Verzweiflung auf der Stirn ..
Bleib ich allein?.. Ach! so durchbrauset das Gehirn
Ein schwarz Gedankenheer .. Warum hast nicht gerissen
Auch mich, mit dem Tyrann zu den verdammten Flüssen?
O Abenteur! o Pest der menschlichen Natur!..
Warum entrann ich dir?.. Es ware ja dein Schwur:
Dann erst den warmen Staal am König abzukühlen,
Wenn er von meinem Blut berauschet, wird zu wühlen
In mir aufhören!.. Ach! verfluchter Bößewicht!
Eh ich dich je gesehn, wie lebte ich vergnügt!..
Ich diente Gott .. Still!.. Ach! Blitz, Hagel, Donner-
stralen
Stürzt der Gedank auf mich!.. Ihr lieber sollt zermahlen,
Ihr fallenden Gestirn! den hart erboßten Kopf!
Zerschlaget! spaltet!.. Wie?.. Ihr trügt den Aschedopf?..
Ihr sparet Keil?.. Kann ich vielleicht euch noch versöhnen?..
Das Laster ist zu groß .. Nein! ihr wollt keine Thränen!..
Zerfallt ihr Himmel! stürzt mich in der Hölle Grund!..
Ja! er ist auf!.. Es wird durch einen ewgen Schlund
Mein Blicke schon gewälzt .. Verzweiflungsvolle Tiefe!
Bist du es wiederum?.. Ist denn, was ich itzt prüfe,
Nicht schon der Flammenteich?.. Ihr rasenden Geschöpf!
Was sprecht ihr Rach? Warum mahlt ihr Harpyienköpf?
Was droht ihr immerfort, und laßt mich so viel Meilen
Noch von der Höll?.. Ihr Blitz! wenn kettet ihr die Keilen,
Und wirbelt sie herab auf die versperrte Seel?..
Verfluchte! muß ich dir noch selber eine Höhl
Mit dem vergiften Dolch durch diese Bruste bahnen?..
Will denn die Höll mich nicht?. Muß ich sie noch ermahnen?.

Allein in Ewigkeit!.. Ja!.. Spaltet euch ihr Thor
Des ewgen Kerkers!.. Du, du Spitz dies Herz durchbohr! (1)

Siebender Auftritt.

Fabius

Verwunderlicher Tag! der so viel Aenderungen,
Als Augenblick gehabt.. Den nicht der Tod gezwungen,
Der stellt, von eignem Sinn genöthiget, sich dar.
Der Machabäer will itzt gleich vor dem Altar
Die Weihrauchkörner, und sich selbst den Göttern weihen.
Der Mutter fluchet er; und scheinet zu bereuen,
Was er zuvor gewagt.. Die Judith nimmt die Flucht..
Des Königs Liebling hat den König selbst gesucht
Durch das untreue Schwert dem Acheron zu schicken..
Was höre ich?.. Es scheint schon würklich anzurücken
Der siegende Monarch.. Ihr Wachen! geht hervor!..
Halt!.. Kehrt rechtsum!.. Hier bleibe dieses Chor!

Achter Auftritt.

Joseph in der Person des Jakobs, Antiochus, mit seinem ganzen Gefolge, Singende Edelknaben.

Joseph.

(2) Ihr Götter! die ihr mich so wunderbar geführet,
Und nicht, wie meiner Frech- und Bosheit hat gebühret,
Mich tief ins Höllenfeuer mit Leib und Seel verdammt,
Ich danke euch! und von dem Eifergeist entflammt,
Leg ich mein Herze mit den Körner auf die Glute.
Verzeihet! haltet ein mit eurer Strafes Ruthe!..
Auf meine Mutter, die mich hat gereizt zur Sünd,
Auf diese schlaget zu!

Rapsazes.

(1) Er stürzt sich in die Scene hinein.   (2) Er wirft sich auf die Knie.

Rapsazes.
O ein großmüthges Kind!

O starke Götterhand!

Rolander.
O würdiger Triumphe
Für einen König!

Neunter Auftritt.

Alziades kommt hinzu mit dem Kopf des Abirons in der Hand.

Alziades.
Seh! hier bringe ich den Rumpfe
Des Bößewichts, wie du mir anbefohlen hast.

Rolander.
Ists der, der seine Hand vorher in dem Palast
Nach unsrem König hub, und mit gezücktem Schwerte
Ihn spalten wollte?

Alziades.
Ja, man hat ihn auf dem Heerde,
Der ganz mit Feur umwölbt, an einen Spieß gesteckt:
Man schnitte, stache, biß er wie ein Hund verreckt.
Sein letztes Worte war: Gott sey vermaledeyet!
Ihr Höllenschergen! kommt! zeigt, daß ihr Teufeln seyet,
Und holet mich!

Fabius.
So recht! wer unsrem König nicht
Bis in den Tod getreu, der werde so gericht..

Alle.
Es leb Antiochus!

Rapsazes.
Umkrönt mit neuen Siegen
Leb König ewiglich!.. Was war dir zu bekriegen,

Als

Als Jakob, übrig? Den hat dein Milde heut
Bezwungen.. Judith, die durch ihr Hartnäckigkeit
Sich dir hat widersetzt, die hat sich weit geflüchtet..

Antiochus.
Wohlan! für diese Sieg den Göttern Dank entrichtet!

(Hier wird wiederum gesungen.)

Zehender Auftritt.
Judith, Jakob, und die Vorige.

Judith
Mein Sohn! hier ist der Platz: vollende deinen Lauf:
Richt noch einmal dein Blick hoch zu dem Himmel auf!
Seh deine Brüder dort mit Lorber schon umkrönet:
Der schon geflochtne Kranz nach deinem Haupt auch sehnet!
Wenn deine Finger sich, zerhacket, auf der Erd
Im Blute tunken: denk! an jenes Zepters Werth,
Der deine Hände wird im Himmelreiche zieren.
Wenn man zum Roste wird frisch rasend Feuer schüren;
So schaue an den Thron, um den ein Stralenmeer
Dort leuchten wird.. Wenn dir ein ganzes Peinenheer
Wird durch das Ingeweid mit langer Wuthe raßlen,
Wenn das gekochte Merk, daß wallend Blut wird praßlen;
Ach weiche nicht! denk: dies daurt keine Ewigkeit,
Es ist noch keine Höll.. Ein prächtges Ehrenkleid,
Von Gottes Hand gemacht, wird ewig dich umglänzen!

Jakob.
Gnug, Mutter! ich muß gehn. Ich finde keine Gränzen
Für mein Begierde mehr. Wir gehn: wir kommen recht.

Judith.
Der Himmel schauet zu, wie dein Gemüthe fecht..
Ach Sohn! erzittre nicht vor Feur und blanken Degen!
Denk! unter welcher Brust du ehemals gelegen..
Ach Sohn! erbarme dich! dein Mutter rufet dir!

Jakob.

Jakob.

Was schauet ihr?.. Ich bins.. Warum verweilet ihr?
So wenig, als ein Berg, ein Berg von Staal und Felsen
Auf deine Wort Tyrann! in Wachse wird zerschmelzen:
So wenig weichet dir dies dicht gestälte Herz.
Die Glötze ohne Sinn von Stein, von Holz und Erz,
Wie kannst du wollen, daß ich sie für Götter schätze!..
Es ist einzger Gott! der blitzt, wenn sein Gesetze,
Das er durch Mosen uns gegeben, wird veracht;
Du aber, dessen Mund nur über ihn itzt lacht,
Wie wirst du zittern, wenn sein erzürnte Ruthe
Bald über deinem Haupt mit unbezähmter Wuthe
Wird toben?.. Wie, wenn er das ganze Rachgewicht
Des lang gehemmten Arms auf deinen Nacken platzet,
Dich, wo du nicht glaubst aus dem Buch des Lebens kratzet?
Erhebe dich nur nicht, weil deine Boßheit siegt:
Nicht du bist es! was uns zeithero hat bekriegt,
Ist unsre eigne Sünd. Die ist nun abgebüßet
Durch Thränen, Reu, und Blut. Die Straf von uns
abfließet
Auf deinen stolzen Kopf.. Itzt, glaub nur, tragen schon
Dort meine Brüder die von dir geschmückte Kron!
Wie lang versagst sie mir? Ich fluch dem Götzendienste!
Und deine Wuth ist stumm?

Antioch. der König.

Ihr Stern! was Zauberkünste!
Ihr Himmel! brüllt herab zehn tausend Donnerkeil!
Geschwind, ihr Henker! fort zum Feur, zum Rad, zum Beil
Mit dieser Bestien! zerhauet, senget, stechet,
Die Haut reißt ihm vom Leib, die falsche Bein zerbrechet!
Schlagt Augen aus dem Kopf, die Zähne in den Hals!
Haut Stücker aus dem Fleisch, die Wunden streut mit Salz!
Wie? Ihr steht annoch da? Geschwind geht von der Stelle!
Auf ihre Seelen strömt mit tausendfacher Hölle!

Jakob.

O gnädiger Befehl!

Judith.

Judith.
O sterben ohne Tod! (1)

Antioch. der König.
(2) Und wer ist dieser Bub?

Joseph.
Weh mir!.. Ach welche Noth!

Alziades.
Ach Götter!.. schauet hier ein neues Trauerspiele!
Abimelech hat sich ≈≈≈

Alle.
Ihr Stern!

Abimelech.
Nein! was ich fühle,
Glaubt nicht, es sey der Dolch, durch den ich hab gesucht,
Die Höll zu dämpfen... Bist dus König? sey verflucht!
Und deine Götter auch!.. Der Gott, den ich verlassen,
Der quälet mich.. Den wird mein Seel auch ewig hassen!..
Abiron sey verflucht!... Wo ist der Bößewicht?

Judith.
Wie schreckenvoll ist nicht, o Schöpfer! dein Gericht!

Alziad.
(3) Hier schau den Mörder!

Abimelech.
Weg! der hatte mich verdorben!

Alziad.
Der griff den König an, drum ist er schon gestorben!
Fluchst du dem König noch?

Antioch.
Das Hirne ihm zerschmeißt!

Alziad.

(1) Sie wollen fortgehen; finden aber den halbtoden Abimelech, den die Soldaten heraus tragen.   (2) Den Joseph meinend.
(3) Er zeigt ihm den Kopf des Abiron.

Alziad.
Er ist schon hin...

Jakob.
Ach Gott!

Abimelech.
Zieh aus verdammter Geist!

Jakob.
So strafest, Gott! die Sünd!

Antioch.
Fort giftge Schlangen, sterbet!
Ihr rächenden Gestirn! auf dies Geschlechte kerbet,
So viel ihr Donner habt!.. Es werde ausgerott!

Koburg.
O Grauenvoller Tag!

Antioch. der König.
O unerhörter Spott!
Den Knaben hier, der sich getraut, mich zu betrügen,
Den wälzet, röstet in mit Feur belegten Wiegen!
Ich merk den Stifter schon: der soll die Straf noch sehn!

Joseph.
Ach König!

Antiochus, der König.
Fort mit euch!

Philad.
Laß, Vater! mir geschehn,
Was diese da verdient.

Antioch.
Du ungerathner schweige!

Judith.
O Tode ohne Schuld, der schließt das Himmelreiche,
Die Thor des Lichtes auf mit seiner Rosenhand!

Philad.
Ach Vater!